Der intime Schlüssel

Manfred Bilinsky

Der intime Schlüssel

Bibliografische Information der Deutschen Nationalbibliothek:
Die Deutsche Nationalbibliothek verzeichnet diese Publikation in der Deutschen Nationalbibliografie; detaillierte bibliografische Daten sind im Internet über http://dnb.dnb.de abrufbar.

Herstellung und Verlag: BoD – Books on Demand, Norderstedt

ISBN: 978-3-748158592

Jaqueline war eine wunderschöne junge Frau und lebte ein ausgeglichenes und glückliches Leben. Die Background-Sängerin und Tänzerin, verdiente mit ihren erst 29 Jahren ein kleines bemerkenswertes Vermögen. Die Blondine hatte eine außergewöhnlich gut klingende Stimme und wurde gerne von Musikmanagern gebucht. Zudem konnte sie sich tänzerisch erstklassig bewegen, was für Musik-Tanz-Shows hervorragend war. Ihr schönes und erfolgreiches Leben, wurde ihr aber nicht in die Wiege gelegt.

Im Kindesalter verlor sie ihre Mutter. Ihren Vater lernte sie nie kennen. Daraufhin kam sie zu einer Pflegemutter nach Berlin. In dieser Stadt bekam sie Musik und Tanzunterricht. Ihre Pflegemutter hatte zwar nicht viel Geld, aber sie bemerkte die Fähigkeiten von ihrer Pflegetochter und unterstützte sie, wo es nur ging. Die gebürtige Wienerin war sehr zielstrebig und sehr ehrgeizig. Sie trainierte jede freie Minute und gab auf ihren Körper acht. Immerhin wusste sie, dass sie damit ihr Leben finanzieren konnte. Obwohl sie niemals, berühmt werden wollte. Vielmehr ging es ihr, um das Singen und das Tanzen. Die Freude am Leben, stand bei ihr ganz oben. Ihren Spaß, wollte sie immer mit dem finanzieren, was sie glücklich machte.

Während ihrer Teenagerzeit gab es die Loveparade in Berlin. Ihre Pflegemutter, die 40 Jahre älter war als sie, sagte immer: Die Loveparade sei eine verrückte und schrillende Ableitung von Woodstock. Der Drogenmissbrauch machte ihr genauso Sorgen wie die sexuelle Freizügigkeit. Natürlich, war sie sehr besorgt um ihre Pflegetochter. Dies war unbegründet. Jaqueline war sehr diszipliniert und lehnte jede Art von Betäubungsmitteln ab. Sie konnte auch ohne Drogen, stundenlang tanzen.

Bei der schrillenden Loveparade, fühlte sie sich daheim und fiel ebenso in einen Techno-Rausch wie viele andere junge Menschen in den 90iger Jahren. Entweder man hasste die Loveparade oder man liebte sie. Jaqueline liebte sie und wurde in diese Trance hineingezogen. Bereits mit 17 Jahren, tanzte sie auf den begehrten Paradezügen der vielen Lastkraftwagen. Je bunter und schriller die Rave-Veranstaltung war, umso mehr fühlte sie sich wohl. Die Discjockeys wurden auf sie aufmerksam. So wie sie sich tänzerisch bewegte, war es auch kein Wunder. Zudem hatte sie die passende Stimme für Dancefloor-Musik.

Mit 19 Jahren, wurde sie in einer der besten Agenturen aufgenommen.

Jaqueline war eine sehr offene und zugängliche Persönlichkeit. Sie konnte sich mit jedem Menschen unterhalten und war nie abgehoben. Ihre Schönheit war zudem auch noch sehr auffallend. Diesbezügliche unmoralische Angebote waren für sie einfach nur nervend. Nur weil sie sich mit jedem unterhielt war es noch lange kein Freibrief für diverse Anmach-Aktionen. Dies verurteilte sie auf das Schärfste.

Gerade bei der Loveparade kam sie sich oft vor, wie Freiwild für Sexsüchtige. Sie wollte Tanzen, Singen und Spaß haben und sonst nichts.

Viel lieber schwebte sie auf der Rave-Welle in der Menschenmenge. Für die gebürtige Wienerin war es das Schönste, mit dem Beat im Blut zu tanzen. Schon während dem Tanzunterricht in Ballett, wurde die hübsche Blondine vom Techno-Fieber eingeholt.

In ihrer Jugend erlebte sie die 80iger Jahre. Gefesselt von Breakdance kam sie zur Italo-Disco-Musik. Sie lernte alle Musik-Tanzeinlagen.

Genauso abwechslungsreich waren ihre Beziehungen. Sie probierte einiges aus und ihr war bewusst, dass sie sich zu beiden Geschlechtern hingezogen fühlte. Schließlich, mit 20 Jahren, traf sie während eines Tanzauftrittes, die attraktive Sabrina. Ein zielstrebiges Model mit einem atemberaubenden Aussehen. Es war beiderseits Liebe auf den ersten Blick.

Sabrina war im Gegensatz zu Jaqueline, ein stolzes und erfolgreiches Model in der Mode-Branche. Neben ihrer Model Karriere, versuchte sie für Filmproduzenten, die passenden Locations zu finden. Ihr Ansporn war immer der finanzielle Aspekt. Sie wuchs in ärmlichen Verhältnissen auf und wollte um jeden Preis, reich werden. Dies schaffte sie auch.

In späterer Folge, kaufte sie Luxus-Immobilien und vermietete sie an die Filmemacher. Als Model war sie nur für luxuriöse Labels tätig. Sie verdiente das ersehnte Geld was sie sich wünschte.

Jaqueline hingegen wäre niemals über einen Laufsteg marschiert um sich zur Schau zu stellen. Auf der Bühne tanzen war für sie viel besser und angenehmer. Auch sie verdiente damit viel Geld. Sie respektierten jeweils die andere Tätigkeit und waren aufeinander sehr stolz. Jaqueline heiratete mit 22 Jahren, ihre geliebte Sabrina und bekannte sich zur lesbischen Liebe.

So unterschiedlich die beiden hübschen jungen Frauen, ihren beruflichen Weg auch gingen, so vereint waren sie in der Liebe. Es schien, als ob sie Geschwister oder Seelenverwandte waren. Ohne Worte wusste die Eine was die Andere fühlte. Nichts und niemand konnte sie trennen, egal was auch immer geschah.

Verehrer gab es viele, aber für Sabrina kam sowieso kein Mann in Frage. Sie versuchte in ihrer Teenagerzeit mit einem jungen Mann zu schlafen. Ab diesem Zeitpunkt war ihr völlig bewusst, dass sie nur auf Frauen stand. Es kamen nie Gefühle für einen Mann auf. Sie war zu Hundertprozent lesbisch.
Bei Jaqueline waren die Gefühle ein wenig anders. Sie konnte auch bei einem Mann, sexuelle Gefühle empfinden. Doch, sie war ihrer Sabrina stets treu. Jaqueline gingen dadurch ein paar Aufträge verloren. Es gab Musikproduzenten die sie nur buchen wollten, wenn sie ihr Gespräch im Bett fortsetzten. Das kam für Jaqueline niemals in Frage. Ihre Ehe war ihr heilig und viel wichtiger als ein Auftrag. Die Mehrheit der Musikproduzenten buchten sie sowieso wegen ihrer Stimme und ihres tänzerischen Talentes. Dies verhalf ihr auch zu einem späteren Nummer 1 Hit.

Sabrina studierte Medizin und war eine ausgebildete Ärztin. Sie interessierte sich sehr für dieses Studium aber ihr beruflicher Erfolg neben der Universität war ihr noch wichtiger. Immerhin verdiente sie dadurch schon ihr Einkommen, das sie rasch und intelligent vermehrte. Diesbezüglich stockte ihr Studium.

Ihre beste Freundin Kathrin zerrte sie durch und ermutigte Sabrina immer wieder zum Lernen. Kathrin vertiefte sich in die Medizin und schaffte ihren Abschluss mit Auszeichnung in kürzester Zeit. Ihre Freundschaft litt aber dadurch nicht. Kathrin half ihr weiterhin und peitschte sie regelrecht durch das Studium.

Obwohl Sabrina lesbisch war, passierte zwischen ihr und Kathrin nichts Sexuelles. Kathrin war heterosexuell veranlagt. Sabrina respektierte es, aber hätte sich gerne mehr gewünscht. Doch, einmal kamen sich die Freundinnen sehr nahe.

Als Kathrin in der Charité in Berlin ihren Dienst als Ärztin begann war Sabrina sehr stolz auf ihre Freundin. Sie feierten die ganze Nacht und der Champagner floss in Übermaß. Kathrin war schon sehr angetrunken und auch Sabrina verspürte einen Rausch. Im beschwipsten Zustand kamen sich die Freundinnen sehr nahe. Kathrin war sexuell erregt auf ihre lesbische Freundin Sabrina, wie nie zuvor. Sie küsste Sabrina auf den Mund und streichelte dabei, ihre Oberschenkel. Sabrina war nicht abgeneigt und erwiderte den Kuss. Kathrin war nicht wieder zu erkennen. Sie küsste Sabrina immer inniger und sehr intim. Während der heißen Küsserei fielen ihre Klamotten von ihren Körpern. Sie streichelten sich

gegenseitig. Doch, als sie beide nackt im Bett lagen, stoppte Sabrina die heiße Phase. Sie kuschelten sich dicht einander und schliefen wenig später ein.
Am nächsten Tag, noch immer nackt im Bett liegend, fragte Kathrin ihre Freundin, warum sie die Zärtlichkeiten abrupt beendet hatte.

Sabrina sagte zu ihr:
„Aus Liebe zu dir, ließ ich es nicht zu. Immerhin war Alkohol im Spiel und das wollte ich nicht ausnutzen."

Kathrin:
„Schade. Ich hätte es gewollt."

Sabrina:
„Du hättest es im Nachhinein bereut."

Kathrin:
„Nein das glaube ich nicht."

Sabrina:
„Damit wäre unsere Freundschaft gefährdet gewesen, meine liebe Kathrin. Du bist nicht lesbisch."

Kathrin:
„Letzte Nacht wäre ich es gewesen."

Sabrina blickte Kathrin tief in die Augen und sagte:
„Aber, du bist doch nicht lesbisch. Du warst betrunken."

Kathrin:
„Ja, das war ich, keine Frage. Und, trotzdem hätte ich es gewollt."

Sabrina:
„Warum?"

Kathrin:
„Aus Neugier? Oder, aus Liebe zu dir? Wäre doch egal gewesen, warum. Ich hätte sehr gerne mit dir geschlafen."

Sabrina:
„Jetzt machst du mich aber sehr neugierig. War deine Erregung, meinetwegen geweckt gewesen?"

Kathrin:
„Ja, sehr sogar."

Sabrina:
„Und jetzt?"

Kathrin lächelte und streichelte mit den Fingern über Sabrinas Lippen:
„Nein, eher nicht, obwohl ich deinen nackten Körper spüre."

Sie kuschelten noch ein wenig im Bett und beließen es dabei. Zu so einer erotischen Aktion kam es zwischen den Freundinnen, nie wieder. Es blieb bei der freundschaftlichen Liebe.

Jaqueline und Sabrina waren ein eingespieltes Team. Ihre Liebe war in Stein gemeißelt.

Aus beruflichen Gründen, waren sie des Öfteren getrennt. Sie versuchten, ihre Termine so zu koordinieren, dass sie sich sehen konnten, aber das klappte nicht sehr oft. Sabrina war viel in den Vereinigten Staaten von Amerika, und auch in Dubai eingeteilt. Jaqueline war die meiste Zeit in der deutschen Hauptstadt Berlin. Sie reiste fast nur innerhalb von Europa.

Wenn es sich zeitlich einrichten ließ, begleitete Jaqueline ihre Ehefrau Sabrina, zu ihren Terminen. Diese Zeit war für das Ehepaar immer wieder ein Traum. Sabrina präsentierte ihre Ehefrau mit großem Stolz und Jaqueline, vergötterte ihre Sabrina. Sie hatten sehr viel Spaß miteinander.

Es war aber auch umgekehrt. Wenn es die Zeit erlaubte, dann begleitete Sabrina ihre Frau in das Musik-Ton-Studio oder auch zu Tanz-Shows. Sabrina war immer überwältigt von ihrer Frau, wenn sie Songs im Studio eingesungen hatte, oder auch, wenn sie auf der Bühne getanzt hatte. Sie verliebte sich immer wieder aufs Neue, wenn sie ihre Jaqueline sehen durfte. Für Jaqueline war es sehr bereichernd, wenn Sabrina anwesend war. Nicht nur, dass sie von unmoralischen Angeboten verschont geblieben war, sondern, sie entwickelte zusätzliche Energie, für das was sie machte. Zu einem jährlichen Termin, musste Jaqueline meistens alleine, weil Sabrina, dafür überhaupt nichts übrighatte. Und zwar, die jährliche Loveparade in Berlin. Für Sabrina war sie zu schrill, zu laut und zu einengend.

Für Jaqueline war es immer ein Pflichttermin. Sie kleidete sich stets sexy. Entweder mit einem Minirock oder einer hautengen Hotpants, natürlich in auffallenden Neonfarben. Am Oberkörper trug sie meist ein bauchfreies sehr enges Trägerleibchen oder auch nur mit einem Bikini-Oberteil. An den Füßen hatte sie ihre hohen pinken Plateauschuhe mit Stulpen an. Um ihren Hals legte sie ihre grelle pinke Federboa. Ihre Haare trug sie zur Rave-Party immer mit zwei Zöpfen, mit neonfarbigen Haarbändern, wie ein kleines Mädchen. Ihr Motto war: Schrill und auffallend das Leben, tanzend genießen.

Diese Zeit war für Sabrina immer die Hölle. Sie hatte Angst um ihre Frau. Nicht nur, wegen dem Drogenmissbrauch während der Veranstaltung, sondern auch von der sexuellen Freizügigkeit, die bei der Rave-Parade herrschte. Sie hatte Angst, dass ihre geliebte Jaqueline, sich bei der überhitzten und ausgelassenen Stimmung, zur Untreue verleiten lassen hätte können.

Jaqueline sagte immer zu ihr: „Ich trage dich ganz tief in meinem Herzen und mein Körper gehört nur dir. Und, nur du, darfst mich benutzen, vernaschen und verführen. Für alle Anderen ist dieser Körper, tabu. Nur du, hast den intimen Schlüssel zu mir."

So recht beruhigt war Sabrina zwar dadurch nicht, aber sie liebte ihre Frau, und schenkte ihr Vertrauen. Zu dieser Zeit, war Sabrina meistens in Berlin, um trotzdem in ihrer Nähe zu sein.

So ganz ohne Berührungen ging es bei der Loveparade nicht ab. Bei so einer Massen-Veranstaltung ließ es sich nicht vermeiden, die eine oder andere intime Berührung, in Kauf zu nehmen. Natürlich wurde auch Jaqueline, mitten in der Parade, sexuell angeheizt. Aber, sie blieb ihrer Sabrina immer treu.

Das erste was Jaqueline, nach einer Loveparade immer machte, war ihre Sabrina zu kontaktieren, um sie zu verführen. Sie war so heiß auf sie, dass sie gar nicht anders konnte. Sie vergewaltigte regelrecht ihre Frau. Sie brauchte es sofort und ausgelassen. Dies gefiel auch Sabrina sehr. Sie profitierte von der schrillen Loveparade, mit einem außergewöhnlichen Sex.

Als verheiratete Frau, wurde Jaqueline von einem Musikproduzenten gebucht. Er war auf der Suche nach einer Background-Stimme für den Refrain eines Dancefloor-Hits. Nach dem Vorsingen, bekam Jaqueline sofort den Auftrag. Ihre Nervosität stieg. Sie war sich unsicher, ob sie es schaffen würde. Immerhin, war es der erste Gesangsauftrag von einem großen Musikstudio. Kleinere Aufträge für Background hatte sie schon mehrmals, aber nie von einem großen und bekannten Musik-Label.

Für diesen Auftrag musste sie die 2. Stimme im Refrain singen. Bisher sang sie in einem Refrain-Chor, der meist aus 2 bis 6 Personen gebildet wurde.

Eine mittlerweile liebgewonnene Freundin, unterstützte sie seelisch. Trixi war eine erfolgreiche Sängerin und versuchte Jaqueline, die Nervosität zu nehmen:

„Du bist eine tolle Sängerin mit einer super geilen Stimme. Du brauchst keine Angst zu haben."

Jaqueline:

„Ja, ich möchte es zu ihrer Zufriedenheit machen. Immerhin, gehören sie zu den Besten. In diesem Studio, waren schon so viele Superstars. Das beruhigt meine Nerven überhaupt nicht. Ganz im Gegenteil."

Trixi:

„Denk immer daran: Diejenigen die hinter der Glaswand sitzen, können überhaupt nicht singen. Sie sitzen am Mischpult und haben ihr Gesangs-Wissen meist nur in der Theorie."

Jaqueline:

„Du als Profi, siehst es natürlich locker."

Trixi:

„Genau, Süße. Wir sind die Profis. Nicht die, hinter der Glaswand. Wir haben die musikalische Stimme, die sie brauchen, um einen Song fertig zu mixen."

Jaqueline:

„Bist du niemals nervös?"

Trixi:

„Im Studio nie. Auf der Bühne schon und bei einem Live-Act sowieso. Eine gesunde Nervosität und Anspannung, gehört einfach dazu. Wenn ich einen Song im Studio einsinge, dann sind Freunde um mich. Meine Kollegen, die den Song geschrieben haben, die diesen Song nur erfolgreich machen können, mit meinem Gesang. Ich bin die Stimme, sie die Deejays."

Jaqueline:

„Ich beneide und bewundere dich. Ohne deiner Stimme, wären diese Songs, nicht so erfolgreich."

Trixi:
„Jeder ist Ersetzbar, auch ich."

Jaqueline:
„Es wäre von deinen Kollegen fair, wenn sie dich namentlich auf dem Cover nennen würden. Immerhin bist du die Stimme, die den Song zu dem macht, was es ist."

Trixi lacht:
„Oh, ich stehe ganz klein auf der Innenseite beziehungsweise auf der Rückseite. Aber, immerhin wird meine Person gewürdigt."

Jaqueline:
„Eigentlich müsstest du auf der Vorderseite sein, und sie auf der Rückseite."

Trixi:
„Naja, das ist einfach so, in unserer Branche. Die Deejays zählen am Meisten. Wir Mädchen, sind ja nur die Stimmen. Für wen singst du jetzt ein?"

Jaqueline:
„Keine Ahnung. Ich habe diesen Text bekommen, den ich auf ein Lied abstimmen soll, sagten sie. Und, ich singe die 2. Stimme. Das heißt: ich richte mich nach der 1. Stimme, die ich noch hören sollte, meinten die Herren. Ich weiß nicht so recht, was auf mich zukommen wird. Der Text ist einfach, mal schauen."

Trixi sah sich den Text an und sagte:
„Ja, ein typischer Dancefloor, mit einem einfachen Refrain Text zum Mitsingen. Und, wer der Künstler ist haben sie dir nicht gesagt?"

Jaqueline:
„Nein."

Trixi:
„Tja, das ist ebenfalls typisch. Hast du heute Abend Zeit? Lass uns doch wieder einmal herumziehen."

Jaqueline:
„Wenn ich das jetzt schaffe, sehr gerne.

Trixi:
„Klar schaffst du es. Nur du, hast so eine geile Stimme, Süße. Denk immer daran. Sie brauchen dich."

Wie es Trixi vorhergesagt hatte, meisterte Jaqueline, es meisterlich. Die Produzenten waren begeistert und die Aufnahme war abgeschlossen. Anschließend, wurde sie zum Dank, in ein feines Restaurant eingeladen.

Nach der Einladung der Produzenten, meldete sich Jaqueline telefonisch bei Trixi. Sie trafen sich beim Alexanderplatz. Nach einer herzlichen Begrüßung gingen sie in ein Pub.

Trixi fragte neugierig:
„Wie ist es dir ergangen?"

Jaqueline:
„Meiner Meinung nach sehr gut. Die Leute waren sehr freundlich und es ging alles sehr schnell. Ich habe mich wohlgefühlt."

Trixi:
„Ich wusste, du meisterst es bravourös. Deine Nervosität war umsonst."

Jaqueline:
„Ja, scheint so. Ich bin gespannt wer meine Aufnahme in seinen Song mixt."

Trixi:
„Agenturen-Stimmen sind sehr gefragt. Womöglich sogar mehrere Deejays. Das wird dir gute Einnahmen bringen, davon bin ich überzeugt."

Jaqueline:
„Das Geld ist mir egal. Mir ist der Spaß an der Arbeit viel wichtiger."

Trixi:
„Möchtest du nicht fix bei Deejays oder in einer Band singen?"

Jaqueline:
„Nein. Mir ist die Agentur lieber. Ich kann selbst entscheiden, wann und wo ich etwas mache. Ich habe Ende der 90iger Jahre, bei der Tournee gesehen, wie streng der Ablauf ist. Nein, das möchte ich nicht mehr."

Trixi:
„Er fragt heute noch immer nach dir. Immer wieder spricht er mich deinetwegen an. Dich vermisst er sehr. Er würde dir sogar das Doppelte zahlen."

Jaqueline:
„Ich weiß. Warum spricht er dich deswegen an?"

Trixi:
„Wir laufen uns immer wieder mal über den Weg. Er schwärmt von deinem tänzerischen Können. Er weiß, dass wir befreundet sind."

Jaqueline:
„Mir war die Tournee zu anstrengend. Es war nicht das ständige Tanzen auf den Bühnen, sondern das ganze Umfeld. Jeden Tag mit dem Bus in eine andere Stadt. Die permanenten Soundchecks und Trainings. Danke, nein."

Trixi:

„Ja, eine Tournee zehrt am Körper. Wie geht's deiner Sabrina?"

Jaqueline:

„Ich hoffe gut. Sie kommt morgen wieder nach Berlin. Sie ist schon seit 2 Wochen in New York. Ich vermisse sie schon sehr."

Trixi:

„Das kann ich verstehen. Ihr seid ein echtes Traumpaar. Sie sollte eventuell nicht so viel Arbeiten und mehr Zeit mit dir verbringen."

Jaqueline:

„Ja das wäre schön. Sie ist ein Workerholiker. So war sie schon immer."

Trixi:

„Was tut sie mit so viel Geld?"

Jaqueline:

„Es ist ihr wichtig Reich zu sein."

Trixi:

„Geld alleine macht nicht glücklich."

Jaqueline lächelte:

„Sie hat ja mich auch. Vielleicht koste ich ihr zu viel Geld?"

Trixi lächelte ebenfalls:
„Ja, Ehefrauen sind teuer."

Jaqueline:
„Ich bin nicht teuer, sondern pflegeleicht und sparsam. Ich sage es einmal so. Ich genieße das Leben mit ihr."

Trixi:
„Ein bisschen Luxus darf es schon sein. Obwohl eure Liebe gar nicht mit Geld aufgewogen werden kann."

Jaqueline:
„Das stimmt. Wir lieben uns über alles."

Trixi:
„Fehlt dir in sexueller Sicht kein Mann?"

Jaqueline:
„Nein überhaupt nicht. Sabrina bringt mich immer zum Beben."

Trixi:
„Das glaub ich dir. Aber du bist doch bisexuell im Gegensatz zu Sabrina."

Jaqueline:
„Ja schon. Aber unsere Fantasien mit diversen Spielzeugen gehen uns nicht aus. Sie erfüllt mich

in jeder Phase meines Lebens. Wieso fragst du mich immer ob mir das reicht?"

Trixi:
„Ich bin halt sehr neugierig und stelle es mir schwierig vor. Aber ich freue mich für dich, wenn du glücklich bist. Das ist schön."

Obwohl Trixi, bezüglich Jaquelines Liebe zu einer Frau, immer etwas skeptisch war, so unterstützend war sie für Jaqueline. Sie bewunderte Trixi für ihre coole Art und war auch von ihrer Schönheit beeindruckt.

Sabrina kam endlich wieder zu Jaqueline nach Berlin. Ihre beiderseitige Freude war riesengroß. Gleich nach der Ankunft war ihr erster Weg in die Badewanne. Jaqueline verwöhnte ihre Partnerin und Sabrina war überglücklich ihre Jaqueline wieder spüren zu können.

Nach der Pflege zog Sabrina, ihre Geliebte in das Schlafzimmer und legte Jaqueline auf dem Rücken. Sabrina kniete über ihr und küsste sie auf den Mund.

Wenige Augenblicke später sprang sie auf und sagte:

„Ich habe ein tolles Geschenk für dich."

Jaqueline freute sich und schaute gespannt. Sabrina überreichte ihr einen Geschenkartikel. Jaqueline öffnete es mit Spannung und lachte:

„Ein XXL? Brauche ich den wirklich oder ist er eher für dich meine Liebe? Ist mein Kätzchen schon so groß?"

Sabrina:

„Ich dachte es würde dir gefallen?"

Jaqueline:

„Aber so dick? Das schmerzt doch, oder?"

Sabrina:

„Keine Ahnung. Probieren wir das Stück mal aus."

Jaqueline ließ sich gerne von Sabrina verführen. Nach der liebevollen Küsserei, verwöhnte Sabrina, ihre Frau mit der Zunge, beim rasierten intimen Bereich, zwischen den Beinen. Jaqueline stöhnte vor Leidenschaft und schwärmte:

„Deine Zärtlichkeit und deine Verführungskünste habe ich schon so sehr vermisst. Ja, du machst es großartig."

Nach dem ersten Höhepunkt fragte Sabrina:

„Bist du bereit für den ultragenialen Höhepunkt?"

Jaqueline lachte:

„Schauen wir mal ob das große Ding überhaupt passt."

Beide Frauen mussten dabei lachen wie Sabrina es versuchte, den XXL-Dildo in Jaqueline einzuführen. Mit einen Schuss Gleitmittel, klappte es schließlich. Jaqueline fühlte sich sehr erregt.

Sabrina fragte nach:

„Und? Wie fühlt es sich an?"

Jaqueline lachte:

„Sehr ausgefüllt."

Sabrina:

„Angenehm?"

Jaqueline:
„Ja, das Ding kann was. Aber nur weil du damit hantieren tust. Du kannst es gerne selber testen meine Süße."

Sabrina scherzte:
„Nein, der ist mir zu dick."

Jaqueline:
„Wauw, du bist gemein. Und für mich muss er passen?"

Sabrina:
„Ja, ist doch offensichtlich meine Liebe. Soll ich aufhören?"

Jaqueline:
„Untersteh dich."

Sabrina lachte:
„Ich wusste es doch. Der passt für dich."

Jaqueline sprach während dem lustvollen Stöhnen:
„Ja scheint so."

Sabrina verführte mit Hilfe des großen Massagestabes ihre Jaqueline und wurde nachdenklich.

Erst später merkte Jaqueline die Stille und sprach sie an:

„Was hast du? Dein Blick geht ins Leere. Dich betrübt etwas."

Sabrina:

„Nein. Ich genieße dich zu verführen Liebes."

Jaqueline:

„Nein lüg mich nicht an. Du hast etwas."

Jaqueline stoppte die Hand von Sabrina und legte den Dildo beiseite:

„Sprich mit mir. Bitte."

Sabrina:

„Leg dich bitte wieder hin und lass mich dich weiter verführen. Bitte meine Liebe."

Zögerlich legte sich Jaqueline wieder auf den Rücken und schaute Sabrina fragend an. Sabrina spielte sich mit dem Finger bei Jaquelines Vagina und sagte:

„Ich liebe dich so sehr. Du bist mein Herz ohne dem ich nicht leben kann, weißt du das?"

Jaqueline lächelte Sabrina ganz verliebt an und bejahte.

Sabrina:

„Ohne dich wäre mein Leben nichts wert. Der

ganze Reichtum ist nichts gegen dich. Ich liebe dich so sehr, dafür gibt es keine Worte."

Nach einiger Zeit des Schweigens sagte Sabrina weiter:
„Ich habe Angst davor, dass du dich anderweitig verlieben könntest."

Jaqueline streichelte Sabrinas Hand und sagte:
„Niemals. Du bist mein Leben. Mein Blut. Mein Herzschlag. Nie und niemand kann daran etwas ändern meine geliebte Ehegattin. Und außerdem, hast du den intimen Schlüssel zu mir. Es gibt nur ein Stück davon. Dieser ist in deinem Besitz, meine Allerliebste."

Sabrina:
„Schöne Worte, aus deinem Mund. Aber wer garantiert die ewige Liebe?"

Jaqueline:
„Ich und meine Engel, können dir das garantieren. Jetzt komm schon her zu mir."

Jaqueline schuppste Sabrina zur Seite und beugte sich über sie und fragte:
„Alleine oder gemeinsam?"

Sabrina lächelte wieder und antwortete:
„Gemeinsam wäre schön aber nicht mit dem XXL-Ding."

Jaqueline holte aus dem Nachtkästchen einen langen doppelten Dildo und küsste zuerst Sabrinas Vagina. Anschließend nahm sie den weichen Dildo und führte es Sabrina und auch sich selbst ein. Der sexuelle Spaß und die Leidenschaft nahmen keine Grenzen, bis sie beide ihren Orgasmus hatten.

Nach dem sexuellen Spielen, kuschelte Jaqueline neben Sabrina und fragte sie:
„Wie lange bleibst du in Berlin?"

Sabrina: „Die nächsten zwei Wochen gehöre ich dir meine Liebe."

Jaqueline war überglücklich und drückte sich fest an Sabrina.
Sabrina fügte hinzu:
„Wenn du überhaupt Zeit für mich hast."

Jaqueline:
„Für dich immer."

Die nächsten Tage, verbrachten sie fast nur im Bett und holten alle Liebesspiele nach. Bis zur Erschöpfung brachten sie sich immer zum Höhepunkt. Sie genossen ihre gemeinsame Zeit.

Ein paar Tage später, war ein Auftrag für Jaqueline, den sie wahrnehmen musste. Sabrina begleitete ihre Ehefrau in das Tonstudio, von dem sie gebucht worden war.

Gespannt und aufgeregt gingen die beiden verliebten Frauen in das Studio. Nach der Begrüßung teilte der Musikmanager mit, dass Jaqueline die einzige Stimme für einen Dancefloor-Song einsingen sollte. Dies war der größte Auftrag für sie in der Musik Branche. Nur ihre Stimme war bei einem Lied zu hören. Sabrina war überwältigt und sehr stolz auf Jaqueline. Eines, was Sabrina sehr Verärgerte war, dass es um eine Agentur Buchung ging. Das hieß: Jaqueline stellte nur ihre Stimme zur Verfügung und wurde nicht auf der CD namentlich erwähnt. Dafür erhielt sie eine große und lukrative Gage.

Doch genau dieser Song wurde sehr erfolgreich und schaffte es auf Platz 1 in den Disco-Charts.

Die nächsten Tage, unternahmen sie einiges. Ohne berufliche Termine im Nacken, genossen sie ihre Zweisamkeit.

Sabrina hatte Lust auf Wellness, also fuhren sie spontan in eine Wellness-Anlage. Egal was sie in dieser Anlage machten, sie wurden von allen angestarrt. Dass die beiden blonden Schönheiten, lesbisch waren, war niemanden entgangen. Sabrina und Jaqueline, machten auch kein Geheimnis daraus. Ihre Liebe stand immer im

Mittelpunkt, egal was sie gemeinsam machten. Sie waren glücklich, und das konnte auch niemand zerstören. Dumme und unqualifizierte Sprüche, prallten bei ihnen einfach ab.

Bei der Rückfahrt in die Bundeshauptstadt Berlin, hatte Jaqueline eine Bitte:
„Ich habe Sehnsucht nach Wien. Wir waren schon seit Wochen nicht mehr in unserer Wohnung."

Plötzlich machte es einen Kracher. Die Windschutzscheibe hatte einen Steinschlag und ein Riss folgte.
Jaqueline:
„Oje, die ist kaputt."

Sabrina:
„Egal, wir sind gleich in Berlin und fahren sofort in die Werkstatt."

Als sie bei der Werkstatt ankamen, sah Sabrina in der Auslage eine Luxus-Limousine.

Sabrina sagte zu Jaqueline:
„Das wäre ein Auto für uns. Was meinst du?"

Jaqueline:
„Der sieht großartig aus. Aber, wir haben ein schönes Auto."

Sabrina nahm ihre Jaqueline an der Hand und ging mit ihr in den Verkaufsraum. Dass sie große Aufmerksamkeit erregten, war für sie schon Normalität.

Ein Mitarbeiter sprach die beiden Schönheiten an:
„Guten Tag die Damen. Was darf ich für sie tun?"

Sabrina:
„Wir hatten einen Steinschlag bei unserem Auto, das gleich da vorne steht. Dies müsste bitte repariert werden."

Mitarbeiter:
„Sehr gerne. Dann schauen wir uns den Schaden einmal an."

Sie gingen gemeinsam zum Auto und der Mitarbeiter sagte:
„Diese Windschutzscheibe muss getauscht werden und dauert gute zwei Tage."

Sabrina:
„Oh, okay. Ja, aber wir brauchen ein Fahrzeug."

Mitarbeiter:
„Sie haben einen Anspruch auf ein Leihfahrzeug. Dort, beim letzten Stellplatz, würde einer stehen."

Sabrina:
„Der Kleine? Ist das ernst gemeint von ihnen? Da haben wir ja keinen Platz."

Mitarbeiter:
„Aber bitte, gnädige Frau. Sie beide sind so zart, da würde dieses Fahrzeug schon passen."

Sabrina:
„Nein. In der Auslage steht eine schwarze Limousine. Dieses Fahrzeug möchten wir uns ansehen."

Mitarbeiter:
„Diese Limousine haben wir erst heute Morgen bekommen. Er hat alles, was ein Auto zu bieten hat und kostet ein Vermögen."

Sabrina:
„Und? Zeigen sie uns diesen Wagen, bitte."

Sabrina und Jaqueline begutachteten diesen Luxus-Schlitten und setzten sich hinein.
Sabrina sagte zu Jaqueline:
„Der passt perfekt zu uns, was sagst du?"

Jaqueline:
„Ja, traumhaft schön. Aber unser Auto ist erst ein Jahr alt. Und was der kostet? Ich weiß nicht."

Sabrina stieg aus und sagte zu dem Autohaus-

Mitarbeiter:
„Wir möchten eine Probefahrt machen. Wäre es ein Problem?"

Mittlerweile standen schon mehrere Mitarbeiter bei den Blondinen, als sie als Antwort bekam:
„Naja, ich weiß nicht so recht. Was sagt ihr Vater dazu?"

Sabrina:
„Warum fragen sie nach meinem Vater? Ich beabsichtige ein Auto zu erwerben."

Mitarbeiter:
„Reden sie doch erst einmal, mit ihrem Mann darüber, ob das so eine gute Idee ist."

Sabrina drehte sich zu Jaqueline und sagte:
„Da mir ein Mann nicht das geben kann, was ich als Frau benötige, frage ich dich, meine liebe Ehegattin?"

Jaqueline:
„Ja, er gefällt mir."

Sabrina drehte sich zum Mitarbeiter und sagte:
„Also, wann können wir eine Probefahrt machen?"

Der Mitarbeiter stotterte eingeschüchtert herum:
„Tja, …der hat viel PS…ob der für sie nicht zu

groß ist, …und der Preis…"

Sabrina unterbrach ihn und hob ihre Stimmlage:
„Gibt es in diesem Haus auch einen qualifizierten Mitarbeiter?"

Mitarbeiter:
„Schon gut. Aber bitte fahren sie vorsichtig."

Nach den Formalitäten, begaben sich die beiden Schönheiten auf eine Probefahrt.
Sabrina lachte und fragte Jaqueline:
„Was sagst du? Leisten wir uns diese Karosse?"

Jaqueline:
„Ja, warum nicht. Durch die letzte Ton-Aufnahme bekomme ich eine große Summe ausbezahlt."

Sabrina:
„Spar dir dein Geld, Liebes. Ich werde gleich zur Bank fahren."

So geschah es. Sabrina parkte die Limousine vor dem Eingang und beide gingen in die Bank. Wie überall, waren alle Blicke auf sie gerichtet. Zwei wunderschöne blonde Schönheiten, beide mit einem Minirock, engen Top und High-Heels bekleidet.

Beim Schalter sagte Sabrina:
„Ich brauche bitte, 150.000,- Euro in Bar."

Bankangestellter:
„Sind sie sicher? Es ist nicht üblich, soviel Bargeld bei sich zu tragen."

Sabrina:
„Auf meinem Konto liegt genügend Geld. Ich brauche diese Summe, und zwar jetzt."

Während der Ausgabe, sagte der Angestellte:
„Natürlich bekommen sie Begleitschutz zu ihrer Sicherheit."

Sabrina:
„Nein, das möchte ich nicht. Je weniger sie, eine unnötige Aufmerksamkeit erregen, umso sicherer kann ich die Bank wieder verlassen. Eine Begleitung bis zum Fahrzeug, nehmen wir aber dankend an."

Mit einem Lächeln, fuhr sie wieder zum Autohaus. Sie stellte die Limousine gekonnt vor der Auslage ab. Der Mitarbeiter empfing sie bereits:
„Alles in Ordnung?"

Sabrina:
„Mit uns Beiden, oder mit dem Wagen?"

Mitarbeiter:
„Natürlich mit ihnen, gnädige Frau."

Sabrina sprach mit lauter Stimme:
„Was ist eigentlich ihr Problem, Mister? Ich bitte um die Anwesenheit des Geschäftsführers."

Der Geschäftsführer stand einige Meter entfernt und ging zu den Blondinen:
„Das bin ich. Ich darf sie höflichst bitten, mir zu folgen?"

Sie gingen alle in den Verkaufsraum. Der Geschäftsführer fragte:
„Was darf ich für sie tun?"

Sabrina:
„Wir möchten dieses Fahrzeug erwerben, aber ihr unqualifizierter Mitarbeiter, weigert sich stotternd."

Geschäftsführer:
„Ich bitte um Entschuldigung. Aber, mein Kollege, meinte…"

Sabrina unterbrach ihn:
„Schon gut. Was kostet dieses Auto?"

Der Geschäftsführer blickte zu seinem Mitarbeiter, der antwortete:
„152.000, - Euro, inklusive. "

Sabrina:
„Abzüglich, dem Benehmen ihres Mitarbeiters?"

Der Geschäftsführer schaute fragend:
„Wie, …wie meinen sie das?"

Sabrina:
„So wie ich es gesagt habe. Sie haben mich schon verstanden."

Geschäftsführer:
„Ich weiß nicht, was sie damit meinen? Mein Kollege sagte ihnen bereits den Preis."

Sabrina sprach sehr laut, so dass alle Anwesenden, mithören konnten:
„Abzüglich, ihrer unqualifizierten Mitarbeiter die nur auf unsere Beine, Titten und Ärsche starren, anstatt in Augenhöhe mit uns ein Geschäft abzuwickeln?"

Geschäftsführer:
„Ich bitte um Diskretion, gnädige Frau. Gehen wir doch in mein Büro, da können wir ungestört reden."

Sabrina:
„Nein. Das Geschäft machen wir hier bei diesem Stehtischchen, oder nirgends."

Der Geschäftsführer blickte sich die Unterlagen

sehr genau an, und überprüfte sämtliche Papiere, bis er nach einiger Zeit zu dem Entschluss kam: „Abzüglich der Unannehmlichkeit: 129.000,-.“

Sabrina nahm ihre Tasche und kramte kurz darin herum. Sie holte das dicke Bündel Geld heraus und legte die gesamte Summe auf den Stehtisch.

Sabrina:
„Es sollte genau passen. Bitte zählen sie nach.“

Selbstverständlich war alles korrekt. Die Mitarbeiter, der Geschäftsführer samt allen anwesenden Personen waren verblüfft über die Geschäftsabwicklung der hübschen Blondine.

Sabrina ließ sich nur ungern als dummes Blondinchen abstempeln. So wie im Autohaus, trat sie immer selbstbewusst auf. Sie stellte ihre Mitmenschen, die glaubten, etwas Besseres zu sein, sehr oft an den Pranger.

In der Wohnung angekommen, freuten sich Sabrina und Jaqueline, über das neue Auto. Ihr gebrauchtes Fahrzeug, verkauften sie sogar mit Gewinn an einen Mitarbeiter des Autohauses.

Sabrina konnte sich an die letzte Bitte ihrer Frau erinnern und sagte:
„Du hast Sehnsucht nach Wien, meine Liebe?“

Jaqueline:
„Ja, es wäre schön, wieder in meiner Geburtsstadt sein zu können. Aber, wenn…"

Sabrina:
„Dann, lass uns packen, meine Liebe. Auf nach Wien, mit unserem neuen Flitzer."

Noch während der Fahrt amüsierten sich die beiden Blondinen über den Autokauf.
Jaqueline bewunderte ihre Frau, wie sie voreingenommene Menschen kontern konnte. Ihre Schlagfertigkeit war einzigartig, die Jaqueline sehr bewundert hatte. Obwohl Jaqueline auch ein großes Selbstwertgefühl besaß. Aber, sie hielt sich lieber zurück, bevor sie sinnlose Diskussionen führte.

Jaqueline fragte Sabrina:
„Wie sieht dein Terminplan für die nächsten Tage aus?"

Sabrina:
„Zwei Tage bleibe ich in Wien. Dann fahre ich nach Mailand und später nach Rom. 4 Tage musst du ohne mich sein, aber dann komme ich zurück nach Wien. Ist das für dich okay?"

Jaqueline:
„Ja, ich werde sehnsüchtig auf dich warten. Was sind das für Termine?"

Sabrina:

„In Mailand laufe ich bei einer Modenschau, und in Rom möchte ich eine Immobilie finden für eine Filmcrew. Das ist sehr lukrativ."

Jaqueline:

„Arbeite nicht zu viel. Ich mache mir ja Sorgen um dich. Denk immer daran, dass ich dich von ganzem Herzen liebe und deswegen auch sehr ängstlich bin."

Sabrina:

„Meine Liebste. Ich denke immer an dich und du bist meine Luft zum Atmen. Ohne dich, wäre mein Leben sinnlos. Mein Herz schlägt für dich."

Jaqueline:

„Oh, wie lieb von dir. Was hat dich eigentlich dazu bewegt mir einen XXL-Dildo zu schenken? Jetzt mal ehrlich, so groß ist mein Intimbereich auch wieder nicht, oder doch?"

Sabrina lächelte:

„Naja, du hast es gerne sehr ausgefüllt. Da dachte ich mir, dies wäre etwas für dich. Zu deiner Beruhigung, du hast ein wunderschönes nacktes Kätzchen. Ich liebe es."

Jaqueline:

„Ja schon, aber ich meinte, hattest du das Gefühl ich sei nicht erregt genug mit normalen

Durchmessern? Deine Zunge füllt mich ja auch nicht aus und ich erlebe einen Vulkan."

Sabrina:
„Baby, ich möchte dich ständig Beben sehen. Und dafür würde ich alles tun."

Jaqueline:
„Du bist so lieb. Ich könnte dich auf der Stelle vernaschen."

Sabrina:
„Schaffst du es noch bis Wien?"

Jaqueline lachte:
„Garantieren kann ich es nicht, aber ich werde brav sein."

Sabrina:
„Ich habe einfach Angst davor, dass ich dir nicht mehr reiche."

Jaqueline:
„Wie kommst du auf so einen Blödsinn?"

Sabrina:
„Naja, immerhin bist du bisexuell. Es liegt in der Natur, dass ein Mann eine Frau anders verführt als eine Frau es kann. Da dachte ich mir, du brauchst mehr als ich."

Jaqueline:

„Das ist schon Jahre vorbei und nein, so wie bei dir, wurde ich noch nie sexuell befriedigt. Das solltest du doch spüren und sehen, meine Liebste. Seit ich mit dir zusammen bin hatte ich nie mehr das Bedürfnis einen Mann zu brauchen. Ich wurde bei dir zur Lesbin."

Sabrina:

„Liebe Worte von dir. Aber..."

Jaqueline unterbrach:

„Nichts aber. Ich liebe und brauche nur dich."

Sabrina:

„Habe ich dich mit dem Geschenk verärgert oder war es nicht passend?"

Jaqueline:

„Nein Liebste. Es ist toll. Hast du es an mir nicht gesehen? Es kann echt etwas. Ich dachte mir, vielleicht ist es eine Anspielung auf mein großes Kätzchen."

Sabrina:

„Nein wirklich nicht. Dein Kätzchen ist so was von perfekt. Ganz ehrlich."

Jaqueline:

„Bitte zweifle nicht mehr. Ich brauche und möchte nur dich."

Ihr erster Weg nach der Ankunft in Wien, war das Schlafzimmer. Sie waren schon so heiß aufeinander, dass sie sich erstmal, sexuell lieben mussten. Da beide Frauen, den langen Sex liebten und mehrere Höhepunkte brauchten, dauerte das Vergnügen, dementsprechend lange.

Viel Zeit blieb an diesem Tag nicht mehr. Somit blieben sie gleich im Bett.

Der nächste Tag begann so, wie der Vortag endete. Ein morgendlicher Sex, musste schon sein. Erst danach, starteten sie in den Tag.

Ein Pflichtbesuch für Jaqueline war natürlich der Donauturm. Ihr Lieblingsplatz in Wien. Hier war sie über den Dächern der Stadt und fühlte sich groß und frei. Sabrina begleitete ihre Frau sehr gerne.
Oben auf der Plattform, schrie Jaqueline ganz laut:
„Sabrina ich liebe dich. Ganz Wien soll es hören. Du bist mein Leben."

Währenddessen hob der Wind ihr Kleidchen, so dass man ihren Slip sehen konnte. Sie hob die Hände und drehte sich im Kreis. Der Wind spielte sich mit ihren Haaren und ihrem Kleid. Die Gäste auf der Plattform applaudierten und Sabrina war stolz auf ihre Ehefrau. Sie ging zu ihr und zeigte den Gästen mit einem heißen

Zungenkuss, dass Jaqueline zu ihr gehörte. Dabei streichelte sie zärtlich deren Hinterteil.

Nach der Höhe des Donauturms, gingen sie im Park spazieren. Sie setzten sich auf eine Bank und Jaqueline kuschelte sich dicht an Sabrina. Jaqueline war überglücklich mit ihrer Frau und begann das mit Nylonstrümpfen bedeckte Knie von Sabrina zu streicheln.

Sabrina reagierte:
„Wenn deine Hand höher rutscht wird es sehr gefährlich meine Liebe."

Jaqueline scherzte:
„Bist du wegen mir schon feucht?"

Sabrina:
„Ja und das ist hier sehr unpassend. Ich habe nur einen Slip an."

Jaqueline schob Sabrinas Kleid hoch und guckte: Oh, du hast ja nur halterlose Strümpfe an. Den Slip kannst du ja ausziehen."

Sabrina:
„Ich gehöre dir. Mach was du willst Liebste."

Jaqueline zog Sabrinas Slip aus und begann beim Intimbereich mit den Fingern zu spielen. Sabrina gefiel es sehr. Jaqueline konnte ihre Hand unter

Sabrinas Strechkleid nur schwer verstecken. Andere Spaziergänger konnten es sehen, dass Jaqueline ihre Hand zwischen den Beinen von Sabrina hatte. Den beiden Blondinen war es egal, solange sie nicht mehr sehen konnten. Sabrina war sehr erregt. Sie stöhnte leise vor sich hin. Jaqueline wusste genau, was Sabrina gefällt. Da Sabrina vor Lust nichts mehr mitbekommen hatte, holte Jaqueline, Liebeskugeln aus ihrer Tasche und führte diese in Sabrinas Intimbereich ein.

Sabrina erschrak:

„Hey, was machst du?"

Jaqueline:

„Schließ deine Augen und genieße es."

Ganz langsam und zärtlich führte Jaqueline die Kugeln ein. Sabrinas lustvolles Stöhnen wurde etwas lauter. Als die Kugeln guten Sitz fanden, sagte Jaqueline:

„So meine Liebste, die bleiben bis zum Abend in dir."

Sabrina:

„Wie soll das gehen? Willst du mich foltern?"

Jaqueline lachte:

„Ja. Bis du vor Lust explodierst. Bei jedem Schritt wirst du jetzt sexuell verwöhnt. Und am Abend mache ich bei dir den vulkanischen Ausbruch."

So geschah es auch. Egal wo sie hingegangen waren, die Liebeskugeln waren Sabrinas treue Begleiter. Das Gehen fiel ihr offensichtlich schwer. Denn bei jedem Schritt spürte sie die innerliche Erregung. Sabrina bewegte sich sehr langsam und vorsichtig um ja keinen Blick unter ihr Kleid zu gewähren. Denn, sie hatte keinen Slip an und die Schnur der Liebeskugeln hing ein Stück aus Ihrer Vagina heraus.
Jaqueline amüsierte sich beim Anblick ihrer Frau.

Sabrina:
„Was machst du nur mit mir. Ich explodiere gleich."

Jaqueline:
„Nein Nein, ich möchte, dass deine Lust so strapaziert wird, dass du gar nicht mehr anders kannst und mich daheim hart und wild verführst wie eine Löwin."

Sabrina:
„Das kann ich auch so."

Jaqueline:
„Ich weiß meine Liebste. Aber es turnt mich auch sehr an. Immerhin steckt in dir etwas, das dich massiert. Das macht mich auch sehr scharf. Genieß es einfach."

Sabrina:
„Ich kann nicht mehr. Ich explodiere gleich und ich spüre wie ich da unten nass werde. Erlöse mich bitte."

Jaqueline:
„Erst wenn wir daheim sind."

Sabrina:
„Au weh, mein Orgasmus-Intervall wird immer kürzer. Ich spüre wie es an meine Oberschenkel und mittlerweile an meinen Strumpfbändern immer feuchter wird. Bitte lass es mich abwischen oder mach etwas dagegen."

Als sie in der Höhe des Volksgartens waren versteckten sie sich bei einem Baum und Jaqueline küsste sie zwischen den Beinen und wischte sie dann ab. Die Liebeskugeln blieben aber dort wo sie waren. Jedoch hatte Jaqueline Erbarmen und rief ein Taxi. Sabrina tat alles, damit es nicht auffiel, dass sie etwas zwischen den Beinen hatte. Als Model wusste sie aber, wie man Haltung bewahrt und sich diszipliniert bewegte.

Daheim in der Wohnung angekommen, erwachte bei Sabrina die Raubkatze in ihr. Sie zerrte Jaqueline in das Bett und führte sich selbst und Jaqueline einen Doppel-Dildo ein und ritt wie verrückt auf Ihrer Frau. Auf die Sekunde hatten beide den absoluten Höhepunkt.

Das Ehepaar hatte vom ersten Tag an, ein sehr ausgelassenes, ausgefallenes, ausgeprägtes und fantasiereiches Sex-Leben. Sie harmonierten einfach perfekt.

Ihr gemeinsames Leben beruhte aber nicht auf ihr sexuelles Verlangen, sondern stand für eine ehrliche, innige und einzigartige Liebe.

Als Sabrina beruflich in Italien unterwegs war, ging Jaqueline in ein Szenelokal in Wien. An diesem Tag waren nur Schwarzafrikanische Männer anwesend. Ihr gefiel es. Nur hier hatten junge Frauen ihre Ruhe und konnten ohne angemacht zu werden tanzen. Die Stimmung war gut und Jaqueline tanzte sich die Seele frei. Plötzlich erblickt sie einen weißen Mann der etwas irritiert das Lokal betrat.

Mani war ein gutaussehender junger Mann. Verunsichert blickte er sich um und erkannte, dass nur Schwarzafrikaner und wenige blonde Frauen sich amüsierten. Er hatte kein gutes Gefühl aber dachte sich: jetzt ist es auch schon egal. Mit einem mulmigen aber selbstsicherem Auftreten ging er Richtung Bar. Das ganze Lokal starrte ihn an. Seine Bekleidung mit Jeanshose und schwarzer Lederjacke dürfte bei den Gästen einen Verdacht erweckt haben. Die Barfrau fragte ihn, ob er ein Polizist sei. Natürlich verneinte Mani dies, aber sie waren trotzdem skeptisch. Es war nicht üblich, dass an einem Abend, wo nur Schwarzafrikaner im Lokal waren, ausgenommen von einigen jungen blonden Frauen, ein weißer Mann erscheint.

Die Afrikaner waren freundlich und machten einen Platz an der Bar frei. Der Anfang-Dreißigjährige setzte sich und bestellte ein Bier. Ihm fielen die blonden Frauen auf. Ganz besonders eine junge hübsche Blondine fesselte ihn. Doch er nippte an seinem Bier und schaute verlegen in die Runde.

Es dauerte einige Zeit als Jaqueline zu Mani an die Bar ging. Sie war von seinem Erscheinungsbild sehr angetan.

Sie sprach ihn an:
„Hi. Ganz alleine und einsam unterwegs?"

Mani:
„Hallo. Ja, alleine aber nicht einsam."

Jaqueline lächelte ihn an und fragte zögerlich:
„Möchtest du mit mir tanzen?"

Mani lächelte sie liebevoll an und antwortete:
„Da hättest du keine Freude. Sei bitte nicht böse wegen der Absage. Aber ich würde mich sehr freuen, wenn ich dich zu einem Drink einladen darf."

Jaqueline:
„Ich trinke sehr gerne mit dir etwas, aber nur wenn es auf meine Rechnung geht."

Mani:
„Ist das so entscheidend?"

Jaqueline:
„Für mich schon. Immerhin habe ich dich einfach

angesprochen und belästigt. Ich heiße, Jaqueline."

Mani:
„Mani, sehr angenehm. Deine Nähe ist doch nicht belästigend. Es ist mir eine Ehre."

Jaqueline bestellte bei der Barfrau:
„Wir hätten bitte noch gerne zwei Bier, aber in Flaschen."

Mani fragte neugierig:
„Warum in Flaschen?"

Jaqueline:
„Aus Sicherheitsgründen. In ein Glas kann man schneller und leichter etwas hineinmischen, was nicht dazu gehört, verstehst du? Das habe ich mir so angewohnt. Stört es dich?"

Mani:
„Nein, natürlich nicht. Hast du schon diesbezüglich schlechte Erfahrungen gemacht?"

Jaqueline:
„Nein, aber Freundinnen von mir, ist es schon passiert. Ich bin halt vorsichtig. Du sagtest: Du bist zwar alleine hier, aber nicht einsam? Wie darf man das interpretieren?"

Mani:

„Wenn man ausgeht, ist man doch nie einsam, oder? Man geht alleine aus und schon sitzt eine wunderschöne Traumfrau neben einem."

Jaqueline lächelt verlegen:

„Ich muss dir etwas sagen, bevor ein falscher Eindruck erweckt wird. Ich stehe auf Frauen."

Mani schmunzelt:

„Das kann ich gut verstehen. Ich nämlich auch."

Jaqueline lachte laut:

„Eine coole Antwort. Darf ich trotzdem bei dir sitzen bleiben?"

Mani:

„Ja, unbedingt. Es freut mich, in deiner Gesellschaft sein zu dürfen."

Jaqueline:

„Jetzt bin ich aber erleichtert. Was treibt dich in dieses Lokal? Du siehst, es ist ein Abend für Schwarze. Und, trotzdem gehst du hier her?"

Mani schmunzelt:

„Ich wusste das nicht. Der Türsteher hat mich schon so komisch angeschaut. Als ich dann sah, dass hier nur Schwarze sind, war es schon zu spät. Immerhin, lebe ich noch und sie sind freundlich. Was machst du unter den vielen Schwarzen?"

Jaqueline:
„Sie lassen mich in Ruhe und wissen, dass ich nur tanzen möchte."

Mani:
„Aber jetzt, tanzt du auch nicht."

Jaqueline:
„Nein, das stimmt. Aber, ich sitze bei einem sehr attraktiven Mann, der mir sehr gefällt und mit dem ich mich sehr gut unterhalten kann, und, ich fühle mich sehr wohl, und zwar, in deiner Nähe."

Mani:
„Wow, danke. Ich fühle mich geehrt. Das Kompliment kann ich nur, unterstrichen, zurückgeben. Ohne, dass ich dich anmachen möchte, aber du bist eine absolute Traumfrau. Du verkörperst die Perfektion der Schönheit."

Jaqueline lächelte:
„Ohne, dass du mich anmachen möchtest?"

Mani:
„Ja, ich wollte dich nicht mit einer Anmache belästigen. Ich wollte dir nur ein Kompliment

machen, was du sowieso tausendmal am Tag hörst."

Jaqueline:
„Aus deinem Mund, ist es keine Anmache, sondern ein wunderschönes Kompliment. Danke. Also, warum ziehst du alleine, aber nicht einsam, um die Häuser?"

Mani:
„Flucht vor dem Alltag."

Jaqueline:
„So schlimm? Wartet niemand daheim auf dich?"

Mani:
„Ja und nein. Ich lebe in einer falschen und unglücklichen Ehe. Mein Berufsleben ist ebenfalls sehr stressig."

Jaqueline:
„Wie kommt es zu einer unglücklichen Ehe?"

Mani:
„Ja, wie kommt es dazu? Das ist eine gute Frage. Vielleicht hätten wir nie heiraten dürfen? Weil wir getrennte Wege eingeschlagen haben? Weil unsere Interessen, sehr unterschiedlich sind? Wahrscheinlich, sind es viele Gründe. Aber eines ist sicher: wir passen nicht zusammen."

Jaqueline:
„Oje. Und eine Trennung kommt nicht in Frage?"

Mani:
„Wenn ich mehr Mut hätte, schon. Ich dachte immer, Ehe bis zum Tod. Naja."

Jaqueline:
„Was denkt oder sagt deine Frau dazu?"

Mani:
„Eventuell das Gleiche. Da wir sexuell nicht harmonieren, wird sie es mit der Treue, sowieso nicht so ernst nehmen."

Jaqueline:
„Untreue ist ein absoluter Ehebruch. Das tut man nicht."

Mani:
„Mir ist es mittlerweile egal. Wenn sie sich anderwärtig amüsiert und dabei glücklich ist, dann passt es schon."

Jaqueline:
„Bitte verzeih meine indiskrete Frage: Inwiefern, harmoniert ihr nicht, sexuell gemeint?"

Mani:
„Wieder eine gute Frage. Ich glaube, wir können

uns nicht gegenseitig das geben, was der Andere möchte."

Jaqueline:
„Eine sehr diplomatische Antwort. Respekt."

Mani:
„Es liegt immer an Beiden."

Jaqueline:
„Dieser Ansicht bin ich auch. Hierbei geht es mir, mit meiner Ehefrau, wirklich blendend."

Mani:
„Wartet sie nicht auf dich, daheim?"

Jaqueline:
„Sie ist beruflich viel unterwegs. Aber, morgen kommt sie wieder nachhause."

Mani:
„Oh, das freut mich für dich. Du vermisst sie sicher schon sehr. Was macht sie beruflich?"

Jaqueline:
„Sie ist Model für Luxus-Mode und ist sehr oft in den USA."

Mani:
„Also, so wie du?"

Jaqueline:
„Warum, so wie ich?"

Mani:
„Bei deiner Schönheit, denke ich sofort an ein Model."

Jaqueline:
„Du Charmeur, danke. Aber nein, ich bin kein Model sowie Sabrina, meine Frau. Ich bin Background-Sängerin und Tänzerin."

Mani:
„Wo und was tanzt du?"

Jaqueline:
„Bei Musik-Events, wenn Künstler im Hintergrund, eine choreografische Tanzgruppe brauchen."

Mani:
„Ah, so wie das Deutsche-Fernsehballett, die unter anderem die Musik-Künstler tänzerisch begleiten? Darf ich mir das so vorstellen?"

Jaqueline:
„Ja, so ungefähr. Ich tanze eher bei Deejays auf der Bühne, also im Hintergrund bei einer festgelegten Choreografie."

Mani:

„Das ist sicher total spannend. Bei wem zum Beispiel, hast du getanzt?"

Jaqueline:

„Warte, ich habe ein Foto in meiner Tasche."

Jaqueline suchte das Bild und zeigte es ihm.
Mani:

„Hey, das bist ja du. Ach, den kenne ich, er ist ein Schweizer, klar. Respekt. Wann war das?"

Jaqueline:

„Ende der 90iger Jahre. Eine große Tournee mit vielen Stationen. Das war schon sehr anstrengend."

Mani:

„Das glaube ich dir. Also, tanzt du im Bereich von Dancefloor und Techno? Das ist so deine Richtung, oder?"

Jaqueline:

„Ja, hauptsächlich Dance. Was ist deine Musik-Richtung? Was für eine Musik hörst du gerne?"

Mani:

„So wie du. Dancefloor, Trance, Techno, ein wenig Hardrock und auch Schlager. So ziemlich viele Richtungen."

Jaqueline lächelte:
„Schlager? So ein richtiger deutscher Schlager?"

Mani:
„Ja, warum den nicht? Da verstehe ich wenigstens den Text. Und, ich bin mit dieser Musik aufgewachsen. Ich stehe dazu, dass sie mir gefällt, natürlich nur von bestimmten Sängerinnen."

Jaqueline:
„Um Gottes Willen, du musst dich nicht rechtfertigen. Warte, ich zeige dir eine Freundin von mir, sie singt Schlager."

Jaqueline holte noch ein Foto aus der Tasche und zeigte es Mani, der darauf antwortete:
„Echt jetzt? Sie ist verdammt gut. Du bist mit ihr befreundet?"

Jaqueline:
„Ja, sie ist eine sehr Liebe und Nette. Was machst du eigentlich beruflich?"

Mani:
„Naja. Zum einen, arbeite ich als Monteur in der Baubranche und nebenbei, bin ich als Künstlerbetreuer tätig."

Jaqueline:
„Hey, dann sind wir Kollegen. Welche Branche?"

Mani:
„Von Techno, über Dancefloor bis Schlager, wie Musikantenstadl und so weiter."

Jaqueline:
„Krass. Dann kennen wir ja eventuell dieselben Typen, und sind uns aber bedauerlicher Weise nie begegnet."

Mani:
„Nein, scheint so. An dich hätte ich mich sofort erinnert. So eine Schönheit, brennt sich ins Herz und ins Gedächtnis."

Jaqueline:
„Ach, wie süß von dir. Bei so vielen weibliche Schönheiten in dieser Szene, wäre ich untergegangen."

Mani:
„Nein, da muss ich dir widersprechen. Du bist einmalig und sehr auffallend."

Jaqueline:
„Jetzt werde ich aber gleich rot im Gesicht."

Mani lachte:
„Bei dem gedämpften Licht, sieht man es eh nicht."

Jaqueline:

„Ich habe das Gefühl, dich schon lange zu kennen. Obwohl wir uns jetzt erst, das erste Mal gesehen haben, schwebt eine Vertrautheit in der Luft. Wie kann das sein?"

Mani hebt fragend seine Schulter und sagt:
„Keine Ahnung. Die Harmonie passt einfach, oder?"

Jaqueline:
„Ja, und es fühlt sich gut an. Naja, man sollte nicht immer alles hinterfragen. Du musst wissen, ich lebe nach dem Engel-Glauben."

Mani:
„Interessant. Und, was sagen deine Engel zu dem, dass du dich mit mir unterhältst?"

Jaqueline:
„Sie lassen mich wissen, dass es Richtig ist, bei dir zu sitzen."

Mani lachte und blickte auf die Bierflasche, mit der er sich spielte.
Jaqueline fragte:
„Du denkst jetzt sicher: die spinnt."

Mani:
„Nein, wirklich nicht. Ganz im Gegenteil. Ich mag Engel und sammle sogar deren Figuren. Ich

finde es keine Spinnerei. Es ist etwas Wahres dran, davon bin ich überzeugt."

Jaqueline:
„Du wirst mir immer unheimlicher. Mein Herz pocht und meine Hände beginnen zu schwitzen. Da, fühle einmal."

Jaqueline reichte ihre Hand zu Mani. Er nahm ganz zärtlich ihre zarte und gepflegte Hand und streichelte sie.
Er sagte:
„Sie schwitzen nicht. Sie fühlen sich sehr weich und zärtlich an. Sie sind wunderschön, wie du. Du bist eine echte und wahre Traumfrau, weißt du das?"

Jaqueline genoss die Streicheleinheiten von Mani sehr:
„Ich fühle mich, dir sehr nahe."

Mani scherzte:
„Ja, ich sitze ja auch neben dir."

Jaqueline lachte laut:
„Ja, das weiß ich."

Jaqueline sagte weiter:
„Aber, auch innerlich, aus dem Herzen empfinde ich deine Nähe. Du bist mir so vertraut, ein Gefühl von…, ich weiß nicht, wie ich es sagen

soll. Einfach ein warmes und angenehmes Verlangen nach: Umarme mich und drücke mich ganz fest zu dir."

Zögerlich stand Mani von seinem Barhocker auf. Jaqueline gab ihre überkreuzten Beine zur Seite und streckte ihre Hände zu ihm. Mani umarmte sie zärtlich. Jaqueline fühlte sich sehr wohl und kuschelte mit ihrem Mund, zu Manis Hals. Sie drückte ihn fester zu sich und schwebte auf einer Glückswolke.

Mani erlebte in diesem Moment, das Gefühl, von wahrer Liebe. Er war der glücklichste Mann auf der Welt, als er seiner Traumfrau, so nahe war. Er konnte es nicht begreifen, dass diese einzigartige Frau, von seinen Armen umschlungen wurde.

Erst nach Minuten, löste sich Mani von Jaqueline. Sie zog ihn nochmals zu sich und gab ihm einen langen und intensiven Kuss auf den Mund.

Dann sagte Mani:
„Schade für mich, dass du verheiratet bist und du auf Frauen stehst. Es wäre auch zu schön gewesen."

Jaqueline:
„Dieser Moment ist schön und bleibt ewig im Herzen. Ja, ich bin mit Sabrina verheiratet und

ich liebe sie. Trotzdem, fühle ich mich, dir sehr nahe und verbunden. Das kann ich nicht abstreiten."

Mani:
„Zu deinem Schutz sollte ich jetzt besser gehen."

Jaqueline:
„Nein, bitte nicht. Lass mich jetzt nicht alleine mit meinem Gefühl im Herzen. Bitte, bleib bei mir."

Mani:
„Prinzessin, du bist verheiratet und es könnte für uns beide, gefährlich werden. Obwohl, bei mir ist es eh schon zu spät. Ich spüre eine eigenartige Liebe, die ich noch nie gespürt habe. Aber du, darfst dich nicht verlieren. Denk an deine Ehe."

Jaqueline:
„Bleib bitte trotzdem bei mir. Ich flehe dich an."

Mani blickte ihr tief in die Augen und wusste, dass er jetzt sowieso nicht fortgehen konnte. Er hatte sich, unsterblich in sie verliebt.

Jaqueline nahm seine Hand und sagte:
„Setz dich wieder und lass mich jetzt bitte nicht alleine. Unsere beiden Herzen haben sich gefunden. Schon wie ich dich das Erste Mal gesehen habe, war ich verloren. Also bitte, bleibe

jetzt bei mir, auch wenn ich verheiratet bin."

Mani setzte sich und fragte:
„Wie soll es weitergehen?"

Jaqueline:
„Für alles gibt es Lösungen. Das Schlimmste wäre jetzt, wenn wir uns unausgesprochen trennen würden. Ich glaube zu wissen, dass wir Seelenverwandte sind. Dass sich unsere Herzen treffen, war nicht geplant, also kann es nur so vom Himmel gewollt sein."

Mani:
„Warum passiert mir so etwas?"

Jaqueline lächelt liebevoll:
„Die Engel und das Universum, haben sich etwas für uns ausgedacht und uns zusammengeführt. Es wird einen Sinn haben."

Mani:
„Das klingt nach einer Kopfschmerz-Geschichte, die nicht gut für mich Enden wird."

Jaqueline:
„Lass es zu, egal was kommen wird. Nimm diese Herausforderung an."

Mani:
„Okay, ich nehme sie an."

Jaqueline umarmte Mani, und sie war sehr glücklich:
„Das ist sehr lieb von dir. Ich weiß, dass du ein liebevolles Herz hast."

Mani:
„Ich zweifle daran, dass diese Entscheidung richtig ist, aber ich fühle mich großartig in deiner Nähe."

Jaqueline:
„Ich zweifle nicht daran und ich fühle mich blendend, in deiner Nähe. Erzähle mir noch etwas von dir."

Die Zeit verflog wie im Flug, und sie unterhielten sich ausgezeichnet. Mittlerweile wurde es in der Kaiserstadt Wien, wieder hell, als Mani sagte:
„Es ist schon sehr spät. Wir sollten den wunderschönen Abend beenden. Du solltest ausgeruht sein, wenn deine Frau heimkommt."

Jaqueline:
„Ist es schon so spät? Ich könnte noch stundenlang mit dir zusammen sein."

Jaqueline saß die ganze Zeit mit ihren übereinander geschlagenen Beinen zu Mani gedreht. Ihre Beine waren zwischen Manis Knie, der mit gespreizten Beinen, vis-a-vis saß. Mani

legte seine Hand auf ihr nacktes Knie und sagte:
„Beenden wir es jetzt."

Jaqueline legte ihre Hand auf Manis Hand, die
noch immer auf ihrem Knie war:
„Und wenn ich noch mit dir bleiben möchte?"

Mani:
„Das Lokal wird bald schließen und wir sollten
diesen Abend, jetzt wirklich ausklingen lassen.
Bist du mit dem Auto hier?"

Jaqueline:
„Nein, mit dem Taxi. Aber ich habe ja nicht weit
bis zur Wohnung. Das kann ich auch zu Fuß
gehen."

Mani:
„Mit diesem Outfit? Aber sicher nicht alleine. Ich
werde dich fahren."

Jaqueline:
„Das ist nicht nötig, es…"

Mani:
„Keine Diskussion. Ich werde dich nicht alleine
gehen lassen."

Jaqueline:
„Okay, sehr gerne lasse ich mich von dir
heimbringen."

Sie entschieden sich, diesen Weg zu Fuß zu gehen. Jaqueline nahm seine Hand und sie gingen, Händchenhaltend, wie ein glückliches Paar.

Als sie vor der Wohnung angekommen waren, sagte Jaqueline:

„Einen letzten Drink?"

Mani:

„Besser nicht, Prinzessin."

Jaqueline:

„Ein Drink. Es wird nichts geschehen, was uns in Verlegenheit bringen wird."

Mani:

„Okay, aber nur kurze Zeit."

Mani war überwältigt von der großen luxuriösen Wohnung im 1. Wiener Bezirk:
„Das gehört euch? Wahnsinn."

Jaqueline:
„Sabrina hat diese Wohnung gekauft. Sieh dich um und fühle dich wie daheim. Auf den Bildern, siehst du Sabrina bei der Arbeit, und von mir, sind auch welche aufgehängt."

Mani war erstaunt, was er alles auf den Bildern sah. Doch seine Müdigkeit konnte er nicht verstecken. Sein Gähnen war nicht zu übersehen. Jaqueline erkannte das und sagte:
„So übermüdet lasse ich dich nicht mehr heimfahren."

Mani:
„Das geht schon. Ich muss nachhause."

Jaqueline:
„Auf keinen Fall."

Mani war skeptisch, ob dies richtig war, zu bleiben. Jaqueline sah ihm das an:
„Keine Angst. Es wird nichts geschehen, für was wir uns schämen müssen. Doch bitte bleibe. Ich würde aus Angst sterben."

Mani ließ sich überreden und blieb bei Jaqueline.

Jaqueline borgte ihm ihre elektrische Zahnbürste und steckte einen neuen Bürstenaufsatz an. Er pflegte sich kurz beim Waschbecken und war bereits Hundemüde. Jaqueline brachte Mani ins Schlafzimmer und sagte:

„Du kannst dir eine Seite aussuchen. Du brauchst kein schlechtes Gewissen haben. Du bist mein Gast und ich vertraue dir. Zieh deine Hose aus und lege dich zum Schlafen in das Bett. Ich werde noch duschen gehen."

Jaqueline gab Mani noch einen liebevollen Kuss auf den Mund und sagte:

„Ich wünsche dir einen guten Schlaf und süße Träume."

Mani zog sich, bis auf die Shorts aus und legte sich in das Bett. Es dauerte nur Sekunden, bis er einschlief.

Jaqueline ging noch duschen. Sie zog sich ihr seidenes Negligee an und kuschelte sich ganz dicht zu Mani, der bereits tief und fest schlief.

Nach einigen Stunden wurde Mani munter und spürte seine Erregung. Kein Wunder, er lag dicht an ihrem Hinterteil. Ihm war es peinlich und er rutschte ein Stück von Jaqueline weg.

Sie bekam es mit:

„Du brauchst keinen Sicherheitsabstand einzuhalten. Es war sehr schön."

Mani:
„Nein, es ist mir peinlich. Immerhin, bist du mit einer Frau verheiratet und ich komme mir dabei sehr blöd vor."

Jaqueline drehte sich zu Mani und sagte:
„Ja, ich bin mit einer Frau verheiratet. Und trotzdem stört es mich nicht, deine Erregung zu spüren. Das ist doch menschlich. Es ist nichts passiert. Hast du gut geschlafen?"

Mani:
„Ja, fast schon zu gut."

Jaqueline:
„Das ist schön. Darf ich dich noch drücken und mit dir kuscheln?"

Mani lächelte:
„Aber nur mit Abstand."

Jaqueline lachte und presste sich fest an ihn:
„Genieß es doch einfach und halte mich in deinen Armen."

Während sie noch nebeneinander lagen, kamen bei Mani Zweifel auf:
„Was wird deine Frau sagen, wenn sie erfährt, dass die letzte Nacht, ein Mann in ihrem Bett geschlafen hat?"

Jaqueline:

„Das es richtig war, dich nicht übermüdet mit dem Auto fahren zu lassen."

Mani:

„Ja schon, aber ich hätte auch auf der Couch schlafen können. Es ist doch ihr Bett."

Jaqueline:

„Mach dir keine Sorgen. Es ist doch nichts geschehen. Wir sind nur in einem Bett gelegen und haben geschlafen."

Mani:

„Na toll. Du in einem sexy Negligee und ich mit einer Erregung in der Hose. Wenn sie das wüsste."

Jaqueline:

„Ich schlafe immer in diesem Outfit und es war sehr schön, deine Erregung spüren zu dürfen. Wir brauchen uns nicht zu schämen. Sabrina vertraut mir, weil wir uns lieben. Und jetzt, genieß noch die gemeinsame Zeit, oder möchtest du schon flüchten?"

Mani:

„Nicht flüchten, aber es wird schon langsam Zeit für mich. Du solltest auch fertig sein, wenn deine Sabrina heimkommt. Hast du schon Sehnsucht nach ihr?"

Jaqueline:
„Ja sehr. Bleib doch noch ein wenig bei mir. Ich genieße es sehr, dich zu spüren."

Mani lachte:
„Trotz meiner Erregung?"

Jaqueline lachte ebenfalls:
„Gerade deswegen mein Süßer. Ich darf es so interpretieren, dass du dich bei mir wohl fühlst?"

Mani:
„Das spürst du doch, oder?"

Sie blieben noch einige Minuten liegen und dann standen sie auf. Mani war verzaubert von Jaquelines Aussehen im seidenen Negligee. Sie sah aus wie eine Göttin. Mani war über beide Ohren, in sie verliebt. Egal was sie machte, jede Bewegung, die Art und Weise, wie sie sprach, er war einfach hin und weg. Die Liebe spürte er bis in die letzten Spitzen seines Körpers. Jedes einzelne Körperteil fand er bei Jaqueline wunderschön und erotisch. Sogar jedes Haar, ihre Finger, ihre seidene Haut, ja, einfach alles an ihr.
Das war der Anstoß, dass er die Scheidung einreichte, um für Jaqueline frei zu sein.
Jaqueline erging es aber nicht anders, obwohl sie mit Sabrina verheiratet war. Sie spürte, die Liebe zu Beiden.

Als Sabrina nach Wien zurückkam, freute sich Jaqueline sehr, obwohl sie ein mulmiges Gefühl hatte wegen ihrer Bekanntschaft mit Mani. Wie üblich, verlagerten sie ihre Begrüßung ins Schlafzimmer.

Nach der beiderseitigen sexuellen Befriedigung erzählte Sabrina von ihrem beruflichen Erfolg in Italien. Jaqueline war sehr neugierig und fragte Sabrina immer wieder aus.

Anschließend schwenkte sie um und erzählte von ihren sexuellen Gedanken, wenn sie an Jaqueline dachte.

Jaqueline wollte es genau wissen:
„Hat dich unser Liebeskugel-Spiel in deinen Träumen begleitet?"

Sabrina:
„Schon allein der Gedanke an unser Liebeskugel-Abenteuer, brachte mir einen Folge-Orgasmus während des Duschens ein."

Jaqueline freute sich darüber:
„Ein erfolgreiches Abenteuer mit Nachdruck. Sehr schön."

Sabrina:
„Und, wie war es bei dir? Hast du dich gut amüsieren können in Wien?"

Jaqueline wurde ruhiger und sprach:
„Ja meine Liebste. Mir ist auch etwas Eigenartiges passiert. Ich dachte, so etwas könnte mir nie passieren. Nicht mir."

Sabrina ahnte etwas und fragte:
„Nein, bitte nicht. Hast du dich verliebt?"

Jaqueline sah sie an, schwieg und nickte mit dem Kopf. Sabrina begann zu weinen und fragte:
„Ist sie hübsch?"

Jaqueline:
„Es tut mir so leid, Liebste."

Sabrina fragte energisch nach:
„Ich wusste, dass es einmal passieren wird. Ist sie hübsch?"

Jaqueline:
„Ja, er ist sehr attraktiv und charmant. Er heißt Mani und ist ein Mann"
.
Sabrina:
„Ein Mann? Oh, okay."

Jaqueline:
„Es war nicht geplant, es tut mir leid."

Sabrina:
„Was heißt das jetzt für uns? Möchtest du dich

von mir trennen?"

Jaqueline war entsetzt:
„Nein, auf gar keinen Fall. Ich liebe dich doch."

Sabrina:
„Fühlst du dich, ihm auch sexuell hingezogen?"

Jaqueline:
„Ehrlich gesagt, ja."

Sabrina:
„Hast du..."

Jaqueline unterbricht ihre Frau:
„Nein es war nichts geschehen."

Jaqueline erzählte alles ganz genau wie es dazu kam und auch das Mani eine Nacht mit ihr verbracht hatte, ohne Sex. Jaqueline machte aus ihrer Bekanntschaft und ihren Gefühlen kein Geheimnis. Peinlichst genau versuchte sie alles wiederzugeben. Sabrina hörte sehr aufmerksam zu und unterbrach ihre Frau nicht.

Zum Abschluss sagte Jaqueline:
„Ich wünsche mir von ganzem Herzen, dass du ihn kennen lernst."

Sabrina überlegte kurz und sagte dann:
„Das ist keine gute Idee. Immerhin hat er dein

Herz erobert und ich könnte dich an ihn verlieren."

Jaqueline beruhigte Sabrina:
„Du wirst mich nie verlieren."

Sabrina sah Jaqueline tief in die Augen:
„Und doch liebst du auch ihn."

Jaqueline:
„Ja, ich habe mich verliebt."

Sabrina stand auf und sagte:
„Es tut weh und ich möchte ein wenig alleine sein um nachzudenken."

Jaqueline:
„Bitte gehe nicht. Ich werde spazieren gehen, wenn du alleine sein möchtest."

Sabrina nickte mit dem Kopf und sagte:
„Nein ich gehe. Du bleib bitte in der Wohnung."

Sabrina ging zum Auto und weinte erst einmal. Dann rief sie ihre langjährige Freundin Kathrin an und schüttete ihr Herz aus. Kathrin war eine gute Zuhörerin und eine bodenständige moderne Frau.

Nachdem sie sich die ganze Geschichte angehört hatte, sagte Kathrin zu Sabrina:

„Was hast du zu verlieren? Jaqueline liebt dich und sie war immer schon bisexuell, also zu beiden Geschlechtern hingezogen. Brich ihr nicht das Herz. Dieser Mann ist doch kein Konkurrent für dich. Er ist ein Mann, also biologisch ganz anders als du. Sieh es einmal von einer anderen Seite. Dein Sex-Spielzeug hat dieser Mann im Fleisch und Blut. Denk darüber nach und höre auf dein Herz."

Sabrina:

„Das waren auch meine Gedanken als sie sagte, es sei ein Mann. Meine Eifersucht und der Schmerz verflogen. Sie ist und war bisexuell und braucht Frau und Mann. Mit ihm würde sie mich eigentlich gar nicht betrügen, sagt mein Herz. Wenn es eine andere Frau wäre, dann würde mein Herz bluten."

Kathrin:

„Du liebst sie, genauso wie sie dich. Versetze dich in ihre Lage, wie ihr Herz zerrissen ist dadurch. Sie hat dir alles erzählt, nicht weil sie dich verlieren möchte, ganz im Gegenteil. Ja, sie hat sich in noch einen Menschen verliebt. Aber denk an unser Studium. Was haben wir in Psychologie gelernt? Ein Mensch kann auch mehrere Herzen gleich stark lieben. Du bist eine Frau und er ist ein Mann. Sie würde um dich nicht zu verlieren auf ihn möglicher Weise verzichten. Aber was ist dann? Dann lebst du mit einer zerrissenen Ehefrau zusammen. Hör auf dein Herz und sprich mit Jaqueline. Sie braucht dich jetzt. Und, du brauchst sie. Dein Herz kennt die Antwort, ich weiß das, weil ich dich sehr gut kenne."

Sabrina:
„Eigentlich hast du mir alles bestätigt, was ich fühle. Dankeschön liebste Kathrin."

Sabrinas Gedanken wurden nun von ihrer Freundin bestätigt.
Als Sabrina wieder in die Wohnung kam, lag Jaqueline auf dem Bett und weinte bitterlich. Sabrina setzte sich neben sie und streichelte ihre Haare.

Jaqueline hob ihren Kopf und sagte:
„Es tut mir so leid, dass ich mein Herz nicht im Griff habe. Ich wollte mich nicht in Mani verlieben. Es ist einfach passiert. Ich hasse mich dafür."

Sabrina:
„Nein das darfst du nicht. Ich möchte ihn kennen lernen und mir ein Bild von ihm machen."

Jaqueline freute sich sehr, dass Sabrina bereit war, Mani kennen zu lernen. Ihr fiel ein großer Stein vom Herzen.

Weitere Wochen vergingen und in der Zwischenzeit hatten sich Jaqueline und Mani noch für kurze Treffen gesehen. Jedes Mal spürten beide die Liebe. Für Jaqueline war es definitiv wichtig und richtig, diese Liebe nicht zu verlieren.

Jaqueline vereinbarte ein Kennenlernen und lud Mani zu sich und Sabrina ein. Alle drei waren sehr nervös und aufgeregt.

Als Mani vor der Tür stand öffnete Jaqueline diese. Sie gab ihm gleich einen Kuss auf den Mund und umarmte ihn. Jaqueline nahm seine Hand und ging in das große Wohnzimmer wo Sabrina stand. Deren Aufregung war offensichtlich. Sabrina verspürte das erste Mal überhaupt eine derartige Nervosität. Trotz ihrer vielen Termine war sie sonst nie so nervös. Doch jetzt ging es um ihre Jaqueline, die sich in einen Mann verliebt hatte.

Nach der angespannten aber freundlichen Begrüßung, ging es recht schnell und die Stimmung war liebevoll und vertraut. Sabrina unterhielt sich köstlich mit Mani. Jaqueline wusste, nach diesem erstmaligen Treffen, stand ihrer Liebe zu 2 Menschen nichts mehr im Weg.
Sabrina sagte zu Mani:
"Pass immer gut auf mein Baby auf und brich ihr niemals das Herz. Ich werde Jaquelines intimen

Schlüssel, wie es Jaqueline liebevoll nennt, mit dir teilen und dadurch sind wir beide, und nur wir beide, für die sexuelle Befriedigung bei Jaqueline verantwortlich. Du und ich, stehen in keinem Konkurrenten Duell. Ich liebe sie als Frau und du als Mann. Wir wissen beide, dass Jaqueline bisexuell ist und jeder von uns beiden, wird sie auf die eigene Art, auch biologisch gemeint, verwöhnen. Somit lieber Mani: Willkommen in unsere kleine Familie."

Mani war stolz und glücklich. An diesem Tag, passierte kein sexueller Kontakt zwischen Jaqueline und Mani. Dies sollte sich frei ergeben und ohne Zwang.

Der erste sexuelle und intime Kontakt zwischen Jaqueline und Mani ergab sich ein paar Tage später.

Sie gingen gemeinsam in dieselbe Diskothek in Wien, wo sie sich das erste Mal gesehen hatten. Sie hatten viel Spaß und beschlossen relativ schnell, dass es in der Wohnung auch schön sein könnte. Freudig, Verliesen sie das Lokal und gingen in die Wohnung.

Jaqueline öffnete eine Rotweinflasche und scherzte:
"Gibt es eine Anleitung für den Sex mit einem Mann?"

Mani lachte verschämt:
"Eigentlich nicht. Aber, die 3 Grundregeln sind: nehmen, aufwärmen und benutzen, würde ich sagen."

Jaqueline:
"Eigentlich ganz einfach, wenn man nicht so aufgeregt wäre, oder? Wie fühlst du dich bei dem Gedanken mit mir zu schlafen? Sei bitte ehrlich zu mir."

Mani:
"Fast so wie dir. Nachdem du mir deinen XXL-Dildo gezeigt hattest, zweifle ich an dem, was ich dir bitten kann."

Jaqueline:
"Nein, bitte nicht diesen Vergleich. Damit wollte ich dich nicht verunsichern. Vergiss den blöden Dildo. Trinken wir noch etwas? Möchtest du noch Bier? Oder Wodka?"

Mani:
„Nein danke. Ich fühle mich sehr wohl in deiner Nähe. Ich brauche keinen Alkohol."

Jaqueline setzte sich neben Mani und überschlug ihre Beine. Sie hatte ein kurzes Träger-Kleidchen an mit halterlosen Nylonstrümpfen und an ihren Füßen, trug sie Stöckelschuhe. Sie sah umwerfend schön und erotisch aus.

Jaqueline beugte sich zu Mani und küsste ihn. Dabei nahm sie seine Hand und legte sie auf ihr Knie. Mani begann ihr Knie und ihren Oberschenkel zu streicheln.
Ihre Lippen und ihre Zungen verschmolzen miteinander. Jaqueline legte ihr Bein über Manis Schoß. Er streichelte ganz zärtlich und genüsslich ihr ganzes Bein. Dabei merkte er, dass sie halterlose Strümpfe anhatte.

Mani sagte zwischen dem Küssen:
„Sehr sexy und verführerisch, Prinzessin."

Jaqueline:
„Das gehört alles dir mein Schatz. Sabrina hat dir

meinen intimen Schlüssel übergeben."

Mani:
„Nein geborgt, geliehen oder geteilt?"

Jaqueline lachte:
„Jetzt ist er in deinem Besitz."

Sie knöpfte sein Hemd auf und küsste seinen Hals. Mani streichelte noch immer sehnsüchtig ihr Nylonbedecktes Bein. Sie zog ihm das Hemd aus, schob ihr Kleid bis zur Hüfte hoch und setzte sich auf ihn. Ihre Oberweite war in Manis Augenhöhe. Sie küsste ihn auf den Mund und er war noch immer sehr angetan von ihren Beinen. Als Jaqueline sich nach vorne beugte, presste sie ihre Brüste in Manis Gesicht und lachte dabei. Dann ließ sie ihre Träger von den Schultern gleiten. Ihr seidener Spitzen BH war sehr erotisch. Mani machte gekonnt mit einem Handgriff ihren BH auf der Rückseite auf.

Jaqueline war erstaunt:
„Wauw, Respekt mein Lieber. Diesen Griff musst du mir zeigen."

Mani:
„Das ist ein Männergeheimnis, Prinzessin."

Jaqueline:
„Und wenn ich ganz lieb bin?"

Mani:

„Ich kann dir sowieso nichts ausschlagen. Ich zeige es dir später."

Mani streichelte sie dann am Ansatz ihrer Po-Spalte und begann an ihrem Ohr zu knabbern und zu küssen. Jaqueline war schon sehr erregt und stöhnte bereits lustvoll. Es dauerte eine Zeit aber Jaqueline konnte aus Lust nicht mehr anders und stand auf. Sie zog seine Hose aus und zog ihn ins Schlafzimmer. Unterwegs schmiss sie ihre Schuhe beiseite und ließ ihr Kleid fallen. Nun war sie nur mit ihren Strümpfen und Slip bekleidet. Mani hatte seine enge Short an. Er lag am Rücken und Jaqueline setzte sich auf ihn. Sie lächelte ihn an und begann ihren Intimbereich an Manis erregten Glied zu massieren. Sie schloss ihre Augen und genoss jede Sekunde. Obwohl Mani eine Strechshort anhatte war es schon sehr eingeengt. Jaqueline merkte, dass sie bald ihren ersten Orgasmus bekam. Sie rutschte von Mani hinunter und zog ihren Slip aus.

Mani stellte folgendes fest:

„Oh, du bist glattrasiert wie ein Baby-Popo."

Jaqueline:

„Ja, Sabrina und mir, stören die Haare im Mund, wenn wir uns beglücken. Findest du es kindlich?"

Mani:
„Nein, sehr erotisch.“

Jaqueline:
„Ich weiß zwar nicht ob das gerade modern ist aber es ist hygienischer und angenehmer.“

Mani:
„Sollte ich das auch machen? Oder ist das bei einem Mann unüblich?“

Jaqueline:
„Keine Ahnung. Du musst dich wohlfühlen und dir selbst gefallen. Darf ich mal schauen?“

Mani
„Klar doch. Nur zu.“

Jaqueline zog seine Short aus und sagte:
„Eine übliche Intimbehaarung. Passt doch.“

Mani:
„Findest du es erotisch?“

Jaqueline:
„Ich bin ein Fan von glattrasiert. Aber es passt bei dir, ehrlich.“

Mani:
„Nein jetzt erst recht. Haare müssen verschwinden.“

Jaqueline:
„Soll ich es dir entfernen? Falls du mir vertraust?"

Mani:
„Dir vertraue ich zu Hundertprozent, Prinzessin."

Sie gingen in das Badezimmer und Jaqueline kniete vor Mani. Sie trug den Rasierschaum auf und begann sehr vorsichtig mit der Rasur. Mani konnte nicht anders und wurde dabei erregt.

Jaqueline schmunzelte:
„Süß, begrüßt er mich gerade?"

Mani:
„Offensichtlich. Tut mir leid, aber..."

Jaqueline:
„Pssst, schon gut so."

Sie gab seinem besten Stück einen Kuss.
Mani sagte:
„Das ist zwecks Beruhigung nicht förderlich, Prinzessin."

Jaqueline:
„Er braucht sich auch nicht beruhigen. Mir gefällt's."

Mani:
„Du weißt aber schon, dass etwas herauskommen kann?"

Jaqueline:
„Klar. Dann soll es so sein. Ist ja von dir mein Schatz. Ich habe davor keinen Ekel, falls du das denkst."

Nach einiger Zeit sagte Jaqueline:
„So, wir sind dann fertig. Gefällt es dir? Ich finde es total erotisch. Darf ich?"

Mani:
„Frag nicht immer. Ich gehöre dir."

Jaqueline küsste seinen Penis und verschlang ihn mit dem Mund. Mani war sehr erregt. Nach einiger Zeit sagte Mani:
„Gehen wir in das Bett?"

Jaqueline:
„Sehr gerne mein Schatz. Es fühlt sich herrlich an. Dein Penis ist wunderschön. Achja, lass mich nicht vergessen. Später muss ich dir ein Öl oder eine Creme auf die frische Rasur geben, ansonsten juckt es dir."

Jaqueline legte Mani auf den Rücken und begann wieder ihr Kätzchen an Manis Stück zu reiben.

Nach wenigen Minuten führte sie seinen Penis in ihre Vagina ein. Sie verschmolzen miteinander.
Jaqueline stöhnte:
„Wow, tut das gut. Ein Traum."

Mani genoss schweigend. Nach fast einer Stunde und mittlerweile dem vierten Orgasmus bei Jaqueline, sagte sie:
„Wauw, ich bin langen Sex gewöhnt aber ich bekomme schon einen Muskel Kater auf dem Po."

Mani:
„Zeit für einen Platzwechsel."

Er drehte sie auf den Rücken und legte ihre Beine auf seine Schultern und drang in sie ein.

Nach einiger Zeit stöhnte Jaqueline:
„So einen feinfühligen und zärtlichen Mann hatte ich noch nie. Du bist ein echter und wahrer Traum von einem Mann."

Es dauerte noch lange Zeit bis Mani, endlich seinen ersten Höhepunkt hatte. Nach einer kurzen Reinigungspause ging es weiter. Sein zweites Mal war zeitgleich mit ihrem 6. Orgasmus. Danach konnte sie nicht mehr und Mani war auch erschöpft.

Anschließend gingen sie gemeinsam Duschen und sie cremte nach dem Abtrocknen seinen Intimbereich noch zärtlich ein. Sogar hier wurde Mani wieder erregt und Jaqueline sagte:

„Ich kann nicht mehr. Aber wenn du möchtest kann ich dich mit meinem Mund noch weiter verführen. Mein Kätzchen ist erledigt."

Mani:

„Nein, danke Prinzessin. Ich bin auch fertig."

Sie gingen erschöpft in das Bett und kuschelten.

Jaqueline fragte:

„Ich dachte du würdest schneller zum Orgasmus kommen. Was passte deiner Frau nicht?"

Mani:

„Bei ihr war ich in wenigen Minuten fertig und wollte dann nicht mehr. Klar war ihr das zu wenig."

Jaqueline:

„Wie kommt es zu deinem jetzigen Marathon? War sie so schlecht im Bett?"

Mani:

„Nein es passte zwischen uns nicht. Das heißt nicht, dass sie generell eine schlechte Sexpartnerin ist. Du bist die richtige Frau für mich. Bei dir ist es ein absoluter Traum."

Jaqueline:

„Ein Traum mit dir, mein lieber Schatz. Wir harmonieren perfekt. Ich werde dich nie wieder hergeben. Du bist sehr ungewöhnlich für einen Mann. Hast du weibliche Hormone in dir? Es ist ein Wahnsinn wie einfühlsam und zärtlich du bist. Noch dazu, deine Ausdauer und dein Charme, ein wahrer Traummann."

Auch für Mani, waren diese Stunden mit Jaqueline, eine unvergessliche Zeit. Er konnte sich das erst einmal gar nicht erklären, warum er so lange, mit so einer Ausdauer, konnte.
Doch, in seinem Herzen wusste er es. Jaqueline, war einfach atemberaubend. Egal was sie tat, wie sie ihn ansah, wie sie ihn berührte, einfach alles an ihr, löste bei ihm eine unbegrenzte Lust aus.

Sie unterhielten sich noch bis sie einschliefen. Ihr erster gemeinsamer Sex, war mehr als gelungen und traumhaft schön.

Es gab keine Regelung, wann Sabrina oder Mani, bei Jaqueline sein sollte. Es gab viele Tage und Abende, wo sie zu dritt unterwegs waren. Mani durfte sogar im Bett, bei den beiden Blondinen schlafen, jedoch ohne sexuelle Berührungen. Immer wenn sie zu dritt im Bett lagen, gab es für niemanden Sex. Dies war aber für alle 3 Beteiligten okay. Jaqueline genoss dies immer in der Mitte zwischen ihren beiden Lieben.

Für Mani war es immer peinlich wegen seiner Erektion. Immerhin war er mit 2 sexy und gutaussehenden Frauen alleine. Sabrina störte dies aber nicht.

Erstaunlicherweise harmonierten die 3 sehr gut miteinander. Sabrina hatte Mani bereits in ihr Herz geschlossen. Das ging dann schon so weit, dass sie bei ihrer Abwesenheit darauf bestand, dass Mani in ihrem Bett, auf ihrer Seite und ihrer Decke, Jaqueline verführte.

Eine Dreier-Beziehung wie aus dem Bilderbuch, so beschrieb es Jaqueline.

Sehnsüchtig empfing Jaqueline ihre Sabrina. Sie erzählte Sabrina, detailgetreu ihr Erlebnis mit Mani. Sabrina wurde dadurch so erregt, dass sie ihre Frau ins Bett zerrte und verführte. Erst danach konnte Jaqueline weitererzählen.

Sabrina war erstaunt und meinte:
„Ein toller Typ dein Mani. Vielleicht sollte ich meine lesbische Ader für einen Quickie beiseiteschieben und es selbst einmal auskosten."

Jaqueline:
„Was, du? Meinen Segen würdest du bekommen."

Sabrina:
„Nein, nein, das war ein Scherz."

Jaqueline:
„Warum komme ich nicht über sechs Orgasmen hinaus? Ich schaffe einfach nicht mehr. Mein Kopf möchte noch aber mein Körper streikt."

Sabrina lachte:
„Süße, wenn du bei jedem von den sechs schon so explodierst ist es kein Wunder. Ich kann viele kleinere bekommen aber nur bei einem explodiere ich wie ein Vulkan."

Jaqueline lachte ebenfalls:
„Daran wird es wohl liegen. Gott sei Dank war

Mani bei meinem sechsten Höhepunkt auch fertig. Ansonsten wäre ich von mir selbst sehr enttäuscht gewesen."

Sabrina:
„Sehr bewundernswert dein Mani. Respekt."

So ging es noch viele Monate. Jaqueline pendelte zwischen Berlin und Wien. Ihr Sexleben teilte sie mit den beiden Eigentümern ihres intimen Schlüssels.

Unzertrennlich waren Jaqueline, Sabrina und Mani geworden.

Als bei Mani ein Tumor festgestellt wurde, kümmerte sich Kathrin um ihn. Dabei verliebte sie sich in ihn, was sie nur Sabrina anvertraute.

Kathrin ließ sich seinetwegen nach Wien in die Forschung versetzen. Sie pendelte nun ebenfalls zwischen Berlin und Wien. Von da an, gehörte Kathrin eisern dazu.

Sie bestellte Mani, 1- bis 2-mal in die Klinik, um seinen Tumor im Kopf zu bekämpfen. Dabei lernten sie sich auch besser kennen. Mani vertraute ihr blind. Kathrin wusste, dass er mit Jaqueline zusammen war und sie sich sehr liebten.

Kathrin behandelte Mani sehr gerne. So konnte sie öfters in seiner Nähe sein. Mani wusste davon aber nichts, dass sie sich in ihn verliebt hatte.

Mani schwärmte immer von Jaqueline, wenn Kathrin danach fragte. Sie fand es total bezaubernd wie er über sie sprach. Innerlich, gab es ihr immer einen Stich ins Herz. Gerne hätte sie mit Jaqueline getauscht.
Während der Therapie hatten sie auch genügend Zeit zum Reden.

So fragte Kathrin neugierig:
„Wie kommst du damit klar, dass Jaqueline neben dir, auch mit Sabrina liiert ist?"

Mani:

„Das stört mich insofern nicht, weil die Beiden schon vor meiner Zeit, verheiratet waren. Abgesehen davon, ist Jaqueline bisexuell. Für mich ist Jaqueline eine Traumfrau und ich liebe sie."

Kathrin:

„Was ist mit der Treue?"

Mani:

„Wir sind uns treu. Sie hat neben mir keinen anderen Mann."

Kathrin:

„Ja das nicht, aber sie hat Sex mit einem anderen Menschen. Ist doch eigentlich egal ob Mann oder Frau."

Mani:

„Nein, für mich nicht. Einen anderen Mann würde ich nicht akzeptieren. Das würde mir das Herz brechen."

Kathrin:

„Du denkst genauso wie Sabrina. Wenn du eine Frau wärst, würdest du eine große Rivalin haben. Sie würde vor Eifersucht sterben."

Mani:

„Bei mir wäre es ebenfalls so."

Kathrin:
„Eigentlich total easy, dass ihr euch gefunden habt. Ich gönne es euch von Herzen. Ich liebe euch alle Drei, freundschaftlich gemeint."

Mani:
„Sabrina spricht nur in den höchsten Tönen von dir."

Kathrin:
„Wir kennen uns seit dem Studium. Wir haben schon einiges miteinander erlebt."

Mani:
„Sabrina war immer schon lesbisch, nach meiner Information. Darf ich dich unverschämt fragen, wie du orientiert bist?"

Kathrin lachte:
„Ich bin heterosexuell veranlagt. Ich finde aber manche Frauen sehr erotisch, so wie Sabrina und Jaqueline. Aber ich stehe auf Männer."

Mani:
„Und wurdest du bei Sabrina nie schwach?"

Kathrin schmunzelte:
„Doch einmal, aber es war nichts geschehen."

Mani:
„Aha, also doch ein wenig lesbisch interessiert?"

100

Kathrin:

„So würde ich es nicht sagen. Es war ja nichts."

Mani:

„Bist du eigentlich sehr wählerisch bei Männern?"

Kathrin:

„Wie kommst du zu dieser Erkenntnis?"

Mani:

„Du bist doch Single, oder? An deinem Aussehen und an deinem Charme kann es nicht liegen. Also, warum lässt du keinen Mann an dich heran? Sie stehen sicher Schlange bei dir."

Kathrin:

„Die besseren Männer, wenn ich das so frech sagen darf, sind liiert. Die meisten sind nur auf ein Abenteuer aus und dafür bin ich mir zu schade."

Mani:

„Gibt es keinen Mann der für dich interessant wäre?"

Kathrin:

„Oh doch, aber er ist vergeben und liebt eine andere Frau."

Mani:
„Oh schade, ich kenne ihn zwar nicht aber ich würde ihn dir gönnen."

Kathrin:
„Tja, so ist das Leben. Ich bin auch alleine glücklich und träumen darf ich ja, von diesem Mann."

Mani:
„Träumen alleine, genügt dir?"

Kathrin:
„Da ich ihn nicht haben kann, ja schon. Träume sind frei."

Mani:
„Das tut mir echt leid für dich. Du bist so eine liebenswerte Frau mit einem guten Herz."

Nach der erfolgreichen Therapiestunde, wurden die Beiden, von Jaqueline und Sabrina abgeholt. Sie fuhren mit dem Auto in die Innenstadt zum Stephansdom. Ihr erster Besuch war ein Kaffeehaus am Domplatz.

Jaqueline lächelte Mani liebevoll an und fragte:
„Wie fühlst du dich in Begleitung von drei Frauen?"

Mani lächelte ebenfalls und sagte spontan:
„Stolz und geehrt."

Sabrina gab ihre Meinung dazu:
„Drei Frauen, die dich lieben und mit einer Schönheit bist du liiert."

Mani lachte etwas eingeschüchtert und Jaqueline sagte:
„Ich bin stolz, dass du mit Sabrina, meinen intimen Schlüssel hast. Es ist mir eine große Ehre, dich lieben zu dürfen. Diese Ehre kann ich mit Worten gar nicht beschreiben."

Sabrina:
„Das kann ich nur bestätigen Mani, Jaqueline schwebt deinetwegen auf einer Liebeswolke."

Mani:
„Ihr beschämt mich. Dankeschön. So glücklich wie derzeit mit Jaqueline, und euch, war ich noch nie."

Kathrin lächelte und saß ruhig neben Mani. Sabrina fragte sie:
„Ist bei dir alles okay, Kathrin?"

Kathrin:

„Ja, es passt alles. Mani nimmt die Therapie sehr gut an."

Sabrina:

„Das freut mich. Jedoch fragte ich nach deinem Wohlbefinden."

Kathrin:

„Mir geht's auch gut. Siehst du das nicht?"

Sabrina:

„Ich möchte dir ein wunderschönes Kleid schenken, das ich in einem Geschäft gesehen habe. Wenn wir mit dem Kaffee fertig sind, gehen wir in diese Boutique und du probierst es einmal."

Kathrin:

„Wozu ein Geschenk? Habe ich etwas verpasst?

Sabrina:

„Du bist die beste Ärztin, für Mani und meine beste Freundin. Das sind Gründe genug."

In der Boutique, zeigte Sabrina, Kathrin das Kleid. Kathrin war erstaunt:
„Wauw, das würdest du mir empfehlen?"

Sabrina:
„Es unterstreicht deine Schönheit. Probiere es mal an."

Kathrin blickte in die Runde. Jaqueline zwinkerte ihr zu und Mani schmunzelte. Daraufhin ging Kathrin mit dem Kleid in die Umkleidekabine.
Als sie das Kleid angezogen hatte, kam sie mit einem Lächeln aus der Kabine.
Sabrina, Jaqueline und Mani waren überwältigt. Kathrin drehte sich und fragte:
„Wie steht es mir?"

Sabrina:
„Perfekt."

Jaqueline:
„Ein wahrer Traum, Kathrin."

Mani schwieg und lächelte Kathrin an.
Sabrina sagte:
„Das Kleid wurde für dich gemacht, liebe Kathrin. Es steht dir verdammt gut. Wie fühlst du dich?"

Kathrin:
„Bin das wirklich, ich? Es sieht großartig aus."

Sabrina:
„Dieses Kleid, musst du unbedingt tragen. Was sagst du Mani?"

Mani:
„Ja, absolut. Es sieht atemberaubend aus an dir, Kathrin."

Kathrin guckte verlegen und freute sich.

Sabrina wollte Kathrin mit Mani, etwas alleine lassen, und sagte:
„Ihr entschuldigt uns für einen kurze Zeit? Ich möchte Jaqueline noch etwas in der Unterwäsche-Abteilung zeigen."

Kathrin und Mani, blieben bei der Umkleidekabine und bestaunten das Kleid.

Sabrina nahm Jaqueline an die Hand und ging zu den Dessous. Jaqueline fragte etwas verwundert:
„Warum möchtest du mir jetzt etwas zeigen? Ist das nicht unfreundlich, gegenüber Kathrin? Immerhin, ist es ein Geschenk von dir."

Sabrina:
„Das passt schon so, meine Liebe. Schau mal, wie wäre das für dich? Hiermit kannst du sicher auch Mani überraschen."

Jaqueline gefiel alles und stöberte mit Sabrina.

Kathrin war noch immer fasziniert von diesem Kleid. Sie sagte:

„Dass mir Sabrina, dieses Kleid schenken möchte, ist echt der Wahnsinn. Wie gefällt es dir?"

Mani:

„Du siehst in allem umwerfend aus. Aber, dieses Kleid, ist wirklich ein Traum und wie für dich gemacht."

Kathrin:

„Ein bisschen zu kurz, finde ich. Ein Stück länger, wäre vielleicht passender."

Mani:

„Kathrin, deine schönen Beine, musst du nicht verstecken. Du siehst traumhaft schön aus."

Kathrin:

„Ja, ich meine ja nur. Ich komme mir so nackt vor. Ich könnte auch dazu passende Strümpfe tragen, oder?"

Mani:

„Du kannst alles tragen. Probiere es einmal aus? Hier drüben sind Strümpfe. Lass uns mal welche suchen."

Kathrin:

„Die sehen gut aus. Ich probiere sie einmal."

Kathrin ging in die Kabine und ließ den Kabinenvorhang offen. Mani sah dies, und wollte diesen schließen. Doch Kathrin fragte:
„Passt das Kleid wirklich zu mir?"

Mani schaute sie an und sagte:
„Absolut zu Hundertprozent. Du siehst blendend aus."

Als Mani sie begutachtete, setzte sie sich auf den Stuhl und begann sich die Strumpfhose anzuziehen. Mani lächelte und genoss diesen Anblick.
Kathrin war sich unsicher und fragte:
„Passt es wirklich? Sei bitte ganz ehrlich zu mir."

Mani:
„Ja, so vertrau mir doch."

Mani sah, wie Kathrin beim Anziehen, das Kleid in die Strumpfhose hinein gewuschelt hatte und half ihr dabei, es zurecht zu machen. Er kam unfreiwillig an ihrem Po an. Kathrin lächelte beschämt und war aber dabei, sehr glücklich. Für einen kurzen Augenblick standen sie dicht gegenüber. Kathrin musste sich sehr zusammen reißen, um ihn nicht zu küssen. Mani erging es aber nicht anders. Er blickte abwechselnd in ihre Augen und auf ihre sinnlichen Lippen.
Schlussendlich, ging er mit einem Lächeln einen Schritt zurück, und sagte:

„Du siehst wirklich blendend aus und es passt großartig zu dir."

Kathrin fragte etwas schüchtern:
„Mit Strümpfen oder eher ohne?"

Mani:
„Da ich ein Nylon-Strumpf-Fan bin, und ich sehr darauf stehe, würde ich sagen, mit Strümpfen. Wobei deine wunderschönen Beine auch ohne Strümpfe, großartig zur Geltung kommen."

Kathrin machte einen Schritt zu Mani, gab ihm einen schnellen Kuss auf den Mund und sagte:
„Danke, für deine Meinung."

Sie ging rasch wieder in die Kabine und zog sich wieder um. Mani wartete geduldig auf Kathrin, bis sie nach einiger Zeit fertig war und herauskam. Beide lächelten sich an und gingen zu den Dessous. Schon von weitem, sahen sie Jaqueline und Sabrina.

Sabrina fragte Kathrin:
„Passt alles?"

Kathrin:
„Ja. Dankeschön für das Kleid. Es sieht toll aus."

Jaqueline nahm Manis Hand und ging mit ihm zu den erotischen Dessous. Sie zeigte ihm, ein

ganz besonderes Exemplar und fragte ihn:
„Wie gefällt dir dieses? Würde es dir an mir gefallen?

Mani lachte und antwortete prompt:
„Da müsstest du es schon anprobieren."

Jaqueline:
„Kannst du es dir nicht bildlich vorstellen, oder möchtest du diese Gelegenheit ausnutzen?"

Mani:
„Ein Versuch war es wert. Nein, natürlich gefällt mir so etwas an dir. Du bist eine Traumfrau, und alles an dir, sieht exzellent und erotisch aus."

Während Jaqueline und Mani, bei den erotischen Dessous scherzten und probierten, fragte Sabrina ihre Freundin Kathrin:
„Hat dich Mani bei den Strümpfen beraten?"

Kathrin lächelte verlegen:
„Ja, er steht darauf und hat mich beraten."

Sabrina:
„Dann musst du die Strümpfe nehmen. Wie hast du dich dabei gefühlt?"

Kathrin:
„Ich fühlte mich zu gut, in seiner Nähe. Es war eine gefährliche Situation für mich."

Sabrina:

„Lass es doch einfach zu und höre auf dein Herz."

Kathrin:

„Mein Kopf sagt, nein. Er liebt Jaqueline über alles. Es wird mein Geheimnis bleiben, und ich bitte dich, behalte es für dich."

Sabrina respektierte Kathrins Wunsch und sie gingen zu Jaqueline und Mani. Jaqueline hatte sich noch ein Dessous ausgesucht, was sie kaufen wollte. Sie gingen zur Kassa und Sabrina bezahlte alles, mit ihrer Kreditkarte.

Anschließend spazierten sie zu viert, über den Domplatz und genossen das Beisammensein.

Um sich genauer über den Gesundheitszustand zu informieren, ging Jaqueline mit Kathrin, ein Stück voraus.
Zur selben Zeit hatte Sabrina, die Gelegenheit, mit Mani alleine zu reden. Sie fragte ihn:
„Wie gefällt dir eigentlich, Kathrin?"

Mani:
„Sie ist eine wunderschöne Ärztin."

Sabrina:
„Ja, das ist sie. Wäre sie dein Typ?"

Mani:
„Welcher Mann, würde sich um Kathrin nicht bemühen? Eine tolle und attraktive Frau."

Sabrina:
„Das heißt: Sie ist schon dein Typ?"

Mani lachte:
„Ja, wenn ich mein Herz nicht an Jaqueline verloren hätte, wäre Kathrin ein Traum. Falls ich überhaupt eine Chance bei ihr hätte."

Sabrina:
„Warum nicht?"

Mani:
„Sie hat Medizin studiert. Unsere Berufslaufbahnen sind sehr unterschiedlich."

Sabrina:
„Und aus privater Sicht?"

Mani:
„Eine Traumfrau, keine Frage. Warum fragst du mich so intensiv über Kathrin? Ich liebe Jaqueline und würde ihr niemals untreu werden. Kathrin ist meine Ärztin und darauf bin ich sehr glücklich und sehr stolz."

Sabrina merkte, dass ihre Neugier, einen Verdacht bei Mani erweckte und hörte damit auf.

In diesem Moment drehte sich Jaqueline zu den Beiden um und streckte ihre Hand zu Mani aus: „Komm her zu mir, du Bilderbuch-Patient."

Mani nahm ihre Hand und fragte:
„Warum, Bilderbuch-Patient?"

Jaqueline:
„Deine Ärztin ist sehr stolz auf dich und nannte dich so. Es freut mich sehr, dass es dir den Umständen, immer besser geht. Denk immer daran: Ich brauche dich und ich möchte, dass du wieder ganz gesund wirst."

Jaqueline nahm Mani an ihre rechte Hand, und Sabrina an ihre linke Seite. Mani streckte Kathrin ebenfalls seine rechte Hand zu. Diese nahm Kathrin mit einem Lächeln an. Nun gingen sie zu viert, händchenhaltend über die Fußgängerzone in der Wiener Innenstadt.

Eine Woche später, bei der nächsten Therapie mit Mani, war Kathrin noch immer dankbar, dass er sie beraten hatte, wegen dem Kleid und der Strümpfe, von Sabrina.
Außerdem schwärmte sie über Mani, wie er Jaqueline liebte und verehrte. Sie wusste, dass Mani zu Jaqueline gehörte und fand sich damit ab, dass er für sie tabu war.
Trotz ihrer Liebe zu ihm, hörte sie ihm sehr gerne zu, wenn er über Jaqueline sprach.

Jaqueline war auch mehrmals mit Mani alleine unterwegs. Sie versuchte, viel Zeit in Wien zu verbringen. Speziell, wenn Mani bei Kathrin, eine Therapiestunde hatte, legte sie ihre Termine so, dass sich Wien-Aufenthalte ausgingen.

Kathrin war eine sehr führsorgliche Ärztin. Ihr war es oft lieber, sich selbst davon zu überzeugen, dass es Mani gut geht. Somit gingen sie auch, ein paar Mal zu Dritt aus. Wie auch an jenem Spätsommertag:

Jaqueline:
„Was möchtest du tun, wenn wir in der Klinik fertig sind, mein Schatz?"

Mani lächelte beide Frauen an:
„Das kommt darauf an, ob die liebe Ärztin, für uns Zeit hat?"

Kathrin:
„Nein. Genießt eure Zweisamkeit."

Jaqueline:
„Die genießen wir sowieso. Oder hast du keine Lust, Kathrin?"

Kathrin sah beide etwas fragend an. Mani ergriff das Wort:
„Großartig, Kathrin. Du darfst entscheiden, wohin wir gehen."

Kathrin:
„Ich hatte nicht, ja, gesagt."

Mani:
„Aber auch nicht, nein."

Jaqueline:
„Keine Wiederrede, Kathrin. Wir haben es beschlossen. Wo möchtest du hingehen?"

Kathrin:
„Zum Alten AKH?"

Mani:
„Gerne. Dein Wunsch wird erfüllt."

Gutgelaunt, gingen sie gemeinsam von der Klinik, in das Areal des Alten AKH (Allgemeines Krankenhaus der Stadt Wien). Dieser großflächige Gebäudekomplex, war unter Studenten und Medizinern, ein Geheimplatz zur Unterhaltung. Hier gab es feine und gemütliche Lokalitäten.
Sie gingen in das Café-Pavillon, das Kathrin als ihr Lieblingslokal bezeichnete. Die Nachmittagssonne schien vom Himmel und sie setzten sich in den Außenbereich. Jaqueline nahm neben Mani Platz und Kathrin vis-a-vis.
Mani legte wie immer seine Hand auf Jaquelines Knie. Er stand sehr darauf, ihre Beine zu berühren und auch Jaqueline, wollte es so. Wenn

er einmal nicht seine Hand auf ihr Bein lag, fragte sie gleich nach, ob er irgendetwas hatte. Sie hatten einfach die gleichen Vorlieben. Kathrin gefiel es, wie sich Jaqueline und Mani, immer ansahen:

„Ich bin immer wieder überwältigt, wie eure Liebe in den Augen strahlt. Ich beneide euch.“

Jaqueline:
„Ja, bei Mani, kann man gar nicht anders, als ihn zu lieben.“

Kathrin:
„Scheint so.“

Jaqueline:
„Was tut sich bei dir in der Liebe? Gibt es keinen Arzt in der Klinik, der dir gefällt?“

Kathrin und Mani, fingen zeitgleich zu lachen an. Kathrin gab als Antwort:
„Das ist schwierig, für die Männer. Wenn, sich ein Mann, für mich interessiert, muss er zuerst bei Mani vorstellig werden. Er entscheidet dann, ob er mich ausführen darf. Er müsste, perfekt sein für mich. Ist es nicht so, Mani?“

Mani:
„Aber, Hallo? Irgendeiner darf es nicht sein. Immerhin ist Kathrin eine wunderschöne und erstklassige Ärztin.“

Jaqueline amüsierte sich über Mani:
„Das heißt, Kathrin hat gar keine Möglichkeit, einen Mann zu finden?"

Mani:
„Klar, hat sie die Möglichkeit, aber, es muss der Richtige sein. Für belanglose Affären, gebe ich keine Zustimmung."

Kathrin:
„Ach, wie süß. Wie du siehst, Jaqueline, haben es die Männer sehr schwer."

Jaqueline:
„Ja, bei Mani kommt man nicht so leicht vorbei."

Kathrin:
„Abgesehen davon, lebe ich alleine, auch sehr glücklich. So eine traumhafte Beziehung, wie ihr sie führt, kommt nicht alle Tage vor."

Jaqueline:
„Ich hatte einen Glücksgriff, das stimmt."

Kathrin:
„Wirklich beneidenswert, wenn man bedenkt, dass du dir gleich zwei Glücksgriffe geangelt hast. Sabrina ist ebenfalls eine Traumfrau wie du. Eure Beziehung zu Dritt, ist ein Einzelfall, wie aus dem Bilderbuch."

Jaqueline:

„Meine Liebe. Ich habe sie mir nicht geangelt, sondern gewünscht. Das Universum mit meinem Engel, haben Sabrina und Mani, in mein Leben geholt. Ich habe nur zugepackt."

Kathrin:

„Ich gönne es dir von ganzem Herzen, Süße. Vielleicht sollte ich meine Wünsche auch zum Universum senden. Aber, gibt es noch ein zweites Exemplar, wie Mani?"

Mani:

„Viel Bessere, Kathrin."

Jaqueline:

„Sehr schwer. Mani ist einzigartig. Er ist ein Original. Eine Kopie? Ich weiß nicht. Zu dir gehört nur ein Original."

Kathrin:

„Vielleicht sendet mir das Universum auch einen Traummann im Original. Erzählt mir doch von eurer Hochzeit. Sabrina erwähnte es kurz am Telefon."

Jaqueline:

„Ja, es war herrlich. Da ich ja schon mit Sabrina, amtlich verheiratet bin, durften wir beide ja nicht. Aber, wir gingen in Charlottenburg in die Kirche und ließen uns von Sabrina, vermählen.

Sabrina, war unsere Priesterin und Gott war unser Zeuge. Natürlich, ist es aus gesetzlichen Gründen nicht amtlich, aber wir sind verheiratet. Mani ist mein Ehemann."

Kathrin:
„Gab es auch eine Hochzeitsreise?"

Jaqueline:
„Eher, eine wilde Hochzeitsfeier zu Dritt, und anschließend eine ausgiebige Hochzeitsnacht zu Zweit."

Kathrin:
„Und wo war Sabrina, während ihr Beide eure Hochzeitsnacht hattet?"

Jaqueline:
„Oh, ob ich das überhaupt erzählen darf? Naja, immerhin gehörst du ja zur Familie und es ist ja auch schon länger her. Zuerst war sie spazieren. Da es ihr aber zu langweilig wurde und wir sehr lange, die Hochzeitsnacht ausdehnten, guckte sie uns später zu."

Kathrin:
„Was? Sabrina sah euch dabei zu?"

Jaqueline:
„Ja, sie kam ins Zimmer und sagte: Lasst euch nicht stören."

Kathrin:
„Echt jetzt? Sabrina, die dir mit Mani, beim Sex zugesehen? Wie geht das denn?"

Jaqueline:
„Ja, sie guckte uns zu."

Kathrin:
„Und, wie hat sie reagiert?"

Jaqueline lächelte:
„Ich denke, ihr hatte es gefallen, mich mit Mani zu sehen. Sie holte sich ein Spielzeug und beglückte sich selbst."

Kathrin:
„Um Gottes Willen. Sabrina, die zu Hundertprozent lesbisch ist, hat einem Mann beim Sex zugesehen? Ich kann es nicht glauben."

Mani:
„Naja, sie hat sicher Jaqueline zugesehen und dementsprechend an sich selbst gespielt."

Jaqueline:
„Da bin ich mir nicht sicher, ob das wirklich so war."

Kathrin:
„Und ihr habt einfach unscheniert weiter gemacht? Hat euch das nicht gestört?"

Mani:
„Also, mir nicht. Ich fand es sehr erotisch."

Kathrin:
„Das war mir jetzt völlig klar. Du bist auch ein Mann."

Jaqueline:
„Mich hat es sehr angemacht, sie dabei zu sehen, wie sich selbst befriedigt hatte."

Kathrin:
„So richtig? Also, so dass ihr alles sehen konntet?"

Mani erzählte:
„Ja, alles. Sie hatte sich auf den Couchsessel gesetzt und sich selbst am ganzen Körper gestreichelt, bis dann irgendwann, ihr Kleid am Boden lag. Der Slip hing auf der Stehlampe und als sie komplett nackt war, holte sie, wie Jaqueline schon erwähnte, einen Vibrator und begann sich, mit gespreizten Beinen, zu befriedigen."

Kathrin:
„Wow, da bekommt man Lust auf mehr, wenn du es so erzählst. Entschuldigt bitte, aber wäre ein Dreier nicht in Frage gekommen?"

Jaqueline:
„Das habe ich mich nicht getraut anzudeuten. Mir hätte es ebenso gefallen wie Mani. Aber, da hätte sie von sich aus zu uns kommen müssen. Du kennst ja Sabrina. Sie ist lesbisch, ohne Wenn und Aber."

Kathrin:
„Ein Wahnsinn, was ihr für Sachen macht."

Jaqueline:
„Wie hättest du reagiert? Hättest du mitgemacht?"

Kathrin lachte verlegen:
„Ich wäre gar nicht ins Zimmer gegangen. Aber, wenn ich schon zugesehen hätte, denke ich schon, dass ich mich zwischen euch gedrängt hätte. Oh Mann, was sind das für Gedanken. Schluss damit. Themawechsel."

Jaqueline:
„Aha, stille Wasser sind tief, stimmts Kathrin?"

Kathrin:
„Ja, mein Gott. Ich habe mir das bildlich vorgestellt, und… Nein, Themawechsel bitte."

Mani:
„Jetzt ist unsere Neugier aber erwacht, Kathrin."

Kathrin:

„Nein, ich schweige. Aber, es bestätigt meinen Verdacht, dass ihr Drei, sehr sexuell fixiert seid. Egal was ist, Sex ist immer im Vordergrund."

Jaqueline:

„Das stimmt. Aber es tut verdammt gut."

Kathrin:

„Keine Frage. Es ist echt toll, aber, ihr seid geblendet von sexueller Lust und dessen Befriedigung. Sex ist euer Mittelpunkt in der Beziehung."

Mani:

„Bist du jetzt enttäuscht?"

Kathrin:

„Nein, sicher nicht. Ich freue mich für euch, wirklich. Es ist großartig, wenn sich Paare, so sehr lustvoll lieben können."

Jaqueline:

„Wir lieben uns sehr. Die sexuelle Befriedigung gehört einfach dazu. Das eine Mal, wo Sabrina uns zugesehen hatte, war eine einmalige Situation."

Kathrin:

„Ich freue mich wirklich für euch. Bleibt so, wie ihr seid, meine Lieben. Ich kann mit solchen

Geschichten nicht dienen. Mein Sexleben liegt derzeit auf Eis. Und trotzdem, bin ich glücklich. Es gefällt mir, euch zuzuhören. Ich, für meine Person, könnte es nicht. Mein Mann oder Freund, müsste mir absolut treu sein. Ich könnte ihn nicht teilen. Auch bräuchte ich keine Zuseher. Der intime Sex, ist für mich etwas in Zweisamkeit, versteht ihr was ich damit meine?"

Jaqueline:
„Ja, Kathrin. Ich bin ja auch eine konservative Person, aber mein Leben hat sich so ergeben, dass ich zwei Menschen lieben darf. Und somit, habe ich ein freieres Sexleben zugelassen. Einen Außenstehenden würde ich niemals dulden."

Mani lachte:
„Und ich füge mich und mache das, was von mir gewollt wird."

Jaqueline:
„Genau, mein Lieber. Du bist mein braver und treuer Ehemann."

Mani:
„Eines möchte ich aber schon festhalten. Abgesehen vom traumhaften Sex mit Jaqueline, den ich bisher nie gehabt habe, liebe ich sie wirklich von ganzem Herzen. Ich erzählte dir bereits öfters, wie ich Jaqueline vermisse und wie mein Herz verrücktspielt, wenn wir gerade nicht

zusammen sein können. Jaqueline, holt etwas aus mir heraus, was ich nie spüren habe können. Es liegt nicht nur an ihrer Schönheit und an ihrer Perfektion ihres Körpers, der mich um den Verstand bringt. Es ist auch ihr Lachen, wie sie spricht, wie sie sich bewegt. Es sind unzählige, wunderschöne Dinge an ihr, was mein Herz beben lässt."

Kathrin:
„Ich weiß, Mani. Ich höre dir immer sehr gerne zu, wenn du über sie sprichst."

Jaqueline:
„Wow, so sprichst du über mich, mein Liebster?"

Mani:
„Ich sage nur die Wahrheit. Und ja, du bist Perfekt Prinzessin."

Jaqueline stand auf und gab ihrem Mani einen Kuss auf den Mund und sagte:
„Ich muss mal für kleine Mädchen."

Als Jaqueline auf die Toilette ging, sagte Kathrin:
„Sie sieht umwerfend aus. Ich kann dich echt verstehen, dass du bei ihr, den Verstand verlierst. So eine Frau, muss man einfach lieben. Sag mal: Warum hast du mir nichts über eure Hochzeit erzählt?"

Mani:
„Ja, warum? Wir sind ja nicht mit Trauschein verheiratet. Für jeden Außenstehenden, ist es Spinnerei, oder nicht?"

Kathrin:
„Für mich ist es keine Spinnerei. Aus gegeben Anlass, dass sie bereits verheiratet ist, geht es ja nicht amtlich. Ich finde es großartig, für euch."

Mani:
„Dankeschön."

Kathrin:
„Und, ich bin keine Außenstehende, mein Lieber."

Mani:
„Entschuldige bitte, so war es nicht gemeint."

Kathrin:
„Schon gut. Stehst du generell auf Beine oder nur auf Jaquelines?"

Mani lachte und sagte:
„Eigentlich generell. Wer kann schönen Beinen schon widerstehen? Aber, Jaquelines Beine sind schon sehr sexy und erotisch."

Kathrin:
„Das stimmt. Da kann ich nicht mithalten."

Mani:

„So ein Schwachsinn, Kathrin. Ich kenne deine Beine. Warum du sie immer mit einer Hose verdeckst, ist mir ein Rätsel."

Kathrin:

„Damit erspare ich mir blöde Anmachsprüche."

Mani:

„Habe ich dich damit auch schon verärgert?"

Kathrin:

„Nein, du nicht. Ganz im Gegenteil."

Mani:

„Dann zeige doch deine schönen Beine. Gönne der Männerwelt, diesen wunderschönen Anblick."

Kathrin:

„Okay, ich werde es mir zu Herzen nehmen."

Als Jaqueline zurück kam fragte sie:
„Über was sprecht ihr?"

Mani:

„Wir philosophierten über schöne Beine."

Jaqueline:

„Da komme ich ja zur richtigen Zeit. Und? Was ist eure Erkenntnis?"

Kathrin:
„Du hast die schönsten Beine, weltweit."

Jaqueline:
„Oh, Dankeschön, ihr Lieben. Schön langsam wird es frisch, im Freien, findet ihr nicht?"

Mani und Kathrin waren derselben Ansicht. Sie gingen in das Lokal und besuchten die Bar. Jaqueline und Kathrin, ergatterten jeweils einen Barhocker und Mani stand dicht bei Jaqueline.

Die Stimmung war sehr gut und ausgelassen im Lokal und es lief laute Dance-Musik.

Als plötzlich, Jaquelines Lied kam, war sie selbst sehr erstaunt:
„Hey, diesen Song habe ich eingesungen."

Mani küsste Jaqueline auf den Mund, und sagte:
„Ja, es ist dein Song. Deine wunderbare Stimme ertönt aus den Boxen."

Kathrin:
„Gratuliere, Jaqueline. Du bist berühmt."

Jaqueline:
„Nein, Nein. Es ist nur meine Stimme. Und der Refrain war auch nicht gerade herausfordernd."

Mani freute sich riesig:
„Ist doch egal. Ein großartiger Dancefloor Hit, meine Liebe. Schau mal, wie die Gäste diesen Song lieben. Hey, das bist du, es ist dein Song."

Jaqueline:
„Ja, aber es müssen nicht alle mitbekommen, dass ich das singe."

Kathrin:
„Warum nicht? Darauf solltest du stolz sein."

Jaqueline:
„Ich halte nichts davon. Und, mich braucht auch niemand kennen. Ich habe dafür meine Gage bekommen und dabei lasse ich es beruhen."

Kathrin:
„Trotzdem kannst du stolz sein und dich freuen."

Jaqueline:
„Ja schon, aber…"

Mani wusste, dass Jaqueline es nicht wollte:
„Schon gut, Prinzessin. Wir respektieren deine Zurückhaltung und deine Bescheidenheit. Wir sind trotzdem sehr stolz auf dich und lieben diesen Song mit deiner Stimme."

Daraufhin lächelte Jaqueline wieder. Ihr war es peinlich, wenn sie ihre Stimme, aus den Boxen, selbst gehört hatte. Hinzukam, dass dieser Song keine besonderen musikalischen Leistungen erforderte. Ein immer gleichbleibender Refrain, was ihrer Meinung nach, auch ein Affe singen hätte können. Sie selbst hielt nicht viel von diesem Dancefloor Hit. Der Sound und der Beat waren typisch Dance und ihre Stimme, machte aber genau diesen Song aus. Jaqueline selbst, sah dies etwas anders.

Nach einiger Zeit verabschiedete sich Kathrin von Jaqueline und Mani. Sie hatte das Bedürfnis, ihre Bettruhe zu beanspruchen. In ihren Träumen, nahm sie diesen Abend mit.

Jaqueline fragte Mani:
„Was machen wir noch? Gehen wir heim kuscheln?"

Mani lächelte:
„Sehr gerne Prinzessin. Sag mal, beruht unsere Beziehung wirklich nur auf der sexuellen Ebene, wie es Kathrin erwähnte?"

Jaqueline:
„Nein, das finde ich nicht. Wir sind für einander da und wir lieben uns. Bevor ich mit dir, unsere kostbare Zeit in Lokalitäten vergeude, verbringe

ich sie viel lieber im Bett. Nur da, spüre ich deine ganze Nähe."

Mani:

„Ich sehe es genauso. Dann komm, lass uns die Zeit nicht vergeuden."

Als sie in der Wohnung ankamen, ließ sich Mani auf die Couch fallen. Jaqueline holte noch etwas zu trinken und setzte sich neben Mani. Sie legte ihre Füße auf Manis Schoß und ließ den Abend mit Kathrin, Revue passieren:
„Vielleicht hätten wir unsere Hochzeitsnacht vor Kathrin verschweigen sollen. Immerhin, hätte es ihr Sabrina erzählen müssen."

Mani:

„Das ist nicht so tragisch. Immerhin ist es schon mehrere Monate her und niemand braucht sich dafür zu schämen. Abgesehen davon, gehört Kathrin zu uns."

Jaqueline:

„Und warum, hatte es Sabrina vor ihrer langjährigen Freundin, verheimlicht? Vielleicht ist es ihr peinlich und bereut diese Nacht."

Mani:

„Glaubst du das? Meiner Meinung nach, gefiel es ihr. Sie ließ sich sexuell inspirieren."

Jaqueline:
„Ja schon, aber warum hatte sie es nicht erzählt? Sabrina vertraut Kathrin blind. Also, gehe ich davon aus, dass es ihr peinlich ist."

Mani:
„Sprich Sabrina, das nächste Mal, darauf an."

Jaqueline:
„Das werde ich machen."

Mani:
„Darf ich dich etwas ganz persönliches und sehr intimes fragen?"

Jaqueline:
„Natürlich. Du brauchst mich nicht zu fragen, ob du mich etwas fragen darfst, mein Liebster. Du darfst alles und ich habe keine Geheimnisse vor dir."

Mani:
„Wo oder was, ist für dich der Unterschied, ob du mit einem Mann schläfst oder mit einer Frau?"

Jaqueline:
„Okay, zum Ersten muss ich mal festhalten, dass ich nicht mit Männern schlafe, da ich sie nicht so erotisch finde wie eine Frau. Abgesehen von dir. Du bist der einzige Mann, dem ich verfallen bin

und den ich brauche und liebe. Warum also Frauen? Ziemlich die gleichen Gründe, warum du mit einer Frau sexuell verkehrst. Eine Frau, ist zierlich, ist sexy und erotisch. Ich sehe mir gerne eine schöne Frau an und ich werde erregt, wenn ich sie berühren darf. Ich streichle gerne deren schönen Beine, so wie du. Ich küsse sie auf den Mund, weil ich deren Lippen verführerisch finde, so wie du. Ich spiele und verwöhne deren Intimbereich, weil ich sie erotisch und begehrend finde, wie du. Durch eine Frau, lernte ich meinen Körper kennen. Nur durch den Sex mit einer Frau, weiß ich jetzt, wo meine speziellen Erektionen liegen, was mich total um den Verstand bringen kann. Heute kann ich mit einem Mann, also mit dir, den Sex viel mehr genießen, weil ich weiß, wie ich ticke und dein bestes Stück zu meinen Gunsten gebrauchen kann. Es geht doch nicht einfach darum, etwas hinein zu schieben und dann Pam und fertig. Das, Wie, ist doch das Entscheidende. Und wenn ein Mann wie du, es genauso sieht und spürt wie ich, dann explodieren wir beide. Ich bin mir sicher, dass es nur mit dir so funktioniert, weil du eine Frau, viel mehr verstehst, auch in sexueller Hinsicht, als viele andere Männer. Einer Frau, fühle ich mich sexuell hingezogen, so wie du. Die Kleider einer Frau, finde ich sehr erotisch, sexy und verführerisch, so wie du. Ich liebe Frauen, so wie du. Und doch, liebe ich dich, als Frau, die nicht genug von dir bekommen kann. Erstaunlicherweise, näherst du dich meinen erogenen Zonen, wie Sabrina. Ihr seid, ohne euch vergleichen zu wollen, echt gleich. Ihr beide verführt mich mit derselben Taktik und der gleichen befriedigenden Lust. Fakt ist: Wir harmonieren einfach perfekt. Du bist, wie für mich gemacht worden. Mein Lustbefriediger und mein Höhepunktproduzent, im Körper eines Mannes."

Mani:
„Danke für deine schönen Worte. Jetzt weißt du, warum ich dich liebe und immer vernaschen möchte."

Jaqueline:
„Ja, wir sind uns einig. Mhm, deine Hände sind so zärtlich. Sie gleiten sanft über meine Beine, das tut echt gut, dich zu spüren. Hier ist es doch viel gemütlicher und intimer, als in einem Lokal."

Mani:
„Ich bin deiner Meinung. Obwohl ich mich sehr gerne mit dir zeige."

Jaqueline:
„Ich doch auch. Die ganze Welt soll es sehen, dass wir zusammen sind. Ich bin sehr stolz, dass ich zu dir gehöre. Ich bin die Frau, dessen intimen Schlüssel du besitzt."

Mani lächelte schweigend und streichelte liebevoll ihre Beine. Jaqueline genoss Manis Zärtlichkeiten und gab ihren Gedanken freien Lauf:

„Ich weiß es sehr zu schätzen, dass du dich, auf mein, nicht alltägliches Leben, eingelassen hast. Deine Toleranz und dein Verständnis für meine Bisexualität, ist nicht alltäglich. Du verzichtest, meinetwegen auf ein konservatives Leben. Dein Umfeld, deine Bekannten und auch deine Verwandten, werden dich nicht verstehen, warum du dich, mit einer Lesbin einlässt. Sie werden es nicht verstehen können und dich als verrückt erklären."

Mani:
„Das ist mir egal. Dich spüren und lieben zu dürfen, überwiegt alles. Noch nie, habe ich diese Liebe gespürt, wie bei dir."

Jaqueline:
„Du zahlst dafür einen hohen Preis, mein Liebster. Ich garantiere dir, ich werde immer dir gehören. Mein Herz ist mit deinem verbunden. Und wenn wir getrennt sind, weint es um dich. Ich würde dich vielmehr in meiner Nähe brauchen, als dir vermutlich lieb ist. Es fällt mir immer so verdammt schwer, von dir zu gehen. Könntest du dir, ein intensiveres Zusammenleben mit mir vorstellen?"

Mani:
„Was meinst du damit? Wir sind doch zusammen."

Jaqueline:
„Ja, irgendwie schon, aber dann doch wieder nicht. Ich hätte mir mehr gewünscht, als derzeit ist. Ich erkläre es dir auf direkten Weg: Ich möchte, dass wir zu Dritt zusammenleben."

Mani:
„Oh, das würde etwas kompliziert werden, Prinzessin. Du lebst mit Sabrina zusammen und da würde ich nur stören."

Jaqueline:
„Nein, eben nicht. Sabrina schätzt dich sehr…"

Mani unterbrach sie:
„Prinzessin. Wie soll das funktionieren? Gäbe es dann einen Plan, wer mit dir jetzt darf und wer das Zimmer verlassen muss?"

Jaqueline:
„Nein, natürlich nicht. Du bist ein sehr offener Mensch, der Sabrina akzeptiert. Sei jetzt einmal ganz ehrlich zu mir: Wenn ich mit Sabrina, sexuell verkehre, würdest du es als schön empfinden oder würde es dir weh tun? Hättest du dann das Gefühl, dass du flüchten müsstest?"

Mani:

„Ich würde bleiben, weil es mich nicht stört."

Jaqueline:

„Ja, eben."

Mani:

„Es würde trotzdem nicht funktionieren. Jetzt überlege doch mal. Zwei Menschen möchten dich zur selben Zeit vernaschen. Sabrina ist lesbisch und kann mit einem Mann nichts anfangen. Sie verführt dich ganz anders, oder sagen wir, mit diversen Spielzeugen, wozu ich keines brauche. Ihr gefällt es, wenn sie dir einen Dildo…, du weißt schon. Ich würde die gleiche Öffnung für mich in Anspruch nehmen. Verstehst du was ich damit meine?"

Jaqueline:

„Ihr könnt euch doch abwechseln. Und wie Sabrina uns zugesehen hatte, hatte ich nicht das Gefühl, ihr würde es nicht gefallen."

Mani konterte lachend:

„Das war eine einzige Ausnahme von Sabrina. Eine Dreier-Beziehung funktioniert nur, wenn alle Drei miteinander verkehren. Nur dann, hat jeder etwas davon und braucht sich nicht anzustellen."

Jaqueline dachte kurz nach und fragte mit einem Lächeln:
„Würdest du mit Sabrina?"

Mani:
„Nein, weil sie lesbisch ist."

Jaqueline:
„Und wenn Sabrina es sich wünschen würde?"

Mani:
„Das tut sie nicht. Sabrina, braucht und möchte nur dich. Prinzessin, glaube es mir."

Jaqueline:
„Ob du dich da nicht täuschst, mein Lieber."

Mani:
„Hierbei würde noch hinzukommen, dass du mich teilen müsstest. Wie würdest du reagieren, wenn ich mit Sabrina sexuell verkehre und du dabei zusehen müsstest?"

Jaqueline:
„Ich weiß es ehrlich gesagt nicht. Doch glaube ich, dass es mich nicht stören würde. Wir wären ja unter uns."

Mani:
„Ach, Prinzessin. Das würde nicht funktionieren. So wie es ist, passt es doch."

Jaqueline:
„Ja, eigentlich stimme ich dir zu. Schön, dass du bei mir bist. Du könntest unter Umständen, deinen zärtlichen und streichelnden Händen, oberhalb der Knie, ihren freien Lauf lassen."

Mani tastete sich langsam zwischen Jaquelines Beine und fragte:
„Meinst du eventuell, hier?"

Jaqueline:
„Ah, ja das ist schön."

Der sexuellen Begierde, stand nichts mehr im Wege. Die ganze Nacht hindurch, liebten sie sich.

Wenige Tage später, hatte Mani einen weiteren Termin bei Kathrin in der Klinik. Jaqueline begleitete ihn nur kurz, da sie dann Sabrina vom Flughafen abholen musste. Als Jaqueline sah, dass Kathrin, einen Rock trug, sagte sie:
„Hey, Frau Doktor. Du siehst umwerfend aus. War unser gemeinsamer Abend, der Anstoß hierfür?"

Kathrin:
„Kann schon sein, ja."

Jaqueline:
„Diese Klamotten stehen dir echt großartig. Deine tolle Figur, wird durch das Outfit, doppelt unterstrichen. Wunderschön, liebe Kathrin."

Mani schmunzelte und begutachtete seine Ärztin stillschweigend. Jaqueline sagte zum Abschied:
„Bleibt brav, meine Lieben."

Als Jaqueline den Raum verlassen hatte, sagte Kathrin zu Mani:
„Sie freut sich, dass sie Sabrina wiedersehen kann."

Mani:
„Ja, jetzt ist sie wieder glücklich."

Kathrin:
„Wie geht es dir dabei?"

Mani:
„Ich freue mich auch. Vor allem für die Beiden."

Kathrin:
„Ich fragte, wie es dir dabei geht?"

Mani:
„Warum fragst du mich? Natürlich freue ich mich, dass Sabrina wieder heimkommt. Und ja, ich würde die Zweisamkeit mit Jaqueline natürlich bevorzugen. Aber, sie ist mit Sabrina zusammen und sie lebt ein bisexuelles Leben. Das habe ich von Anfang an, gewusst."

Kathrin:
„Ja, es ist nicht einfach."

Mani:
„Es passt so wie es ist. Übrigens, du siehst echt fantastisch aus mit dem Rock."

Kathrin:
„Ich habe es mir zu Herzen genommen, was du gesagt hattest."

Mani:
„Wie fühlst du dich, in diesem Outfit?"

Kathrin:
„Elegant, sexy, weiblich aber irgendwie freizügig. Doch es gefällt mir sehr gut."

Mani:
„Na siehst du. Es steht dir hervorragend."

Kathrin:
„Wann siehst du Jaqueline wieder?"

Mani:
„Keine Ahnung. Heute und morgen, sicher nicht. Ich habe auch beruflich einiges zu tun. Die nächsten Tage, sicher wieder."

Kathrin:
„Einer leidet immer, bei einer Dreier-Beziehung."

Mani:
„Nein, so würde ich es nicht sagen. Sabrina ist eine tolle Frau. Sie wird ihre Heimkehr mit Jaqueline genießen."

Kathrin:
„Sabrina, schätzt dich sehr. Du hast sie verändert. Früher hätte sie es nicht akzeptiert, wenn ihre Partnerin, mit einem anderen ins Bett gestiegen wäre. Sie weiß, dass Jaqueline dich liebt und sie teilt sie mit dir."

Mani:
„War sie anders als heute?"

Kathrin:
„Sie war schon immer Besitzergreifend.

Besonders bei ihren Partnerschaften. Sie sieht auch Jaqueline, als ihren Besitz an. Und sie teilt sie mit dir. Das muss schon auch an dir liegen."

Mani:

„Ja gut, aber sie sagte doch, sie sieht mich nicht als Konkurrenten an, weil ich ein Mann bin."

Kathrin:

„Trotzdem schläfst du mit ihrer Partnerin. Du hast Sex mit ihrer Liebsten. Unter dem Strich, kommt das Gleiche heraus. Ich persönlich finde es halt sehr schade, obwohl ich euch Drei sehr beneide, dass immer einer von euch, leidet."

Mani:
„Ja, aber es geht nicht anders."

Kathrin:

„Tja, man muss es natürlich auch wollen, dann ginge es auch anders."

Mani:

„Und wie, deiner Meinung nach? Sabrina ist lesbisch und nicht bisexuell wie Jaqueline. Sabrina kann nur mit einer Frau sexuell verkehren."

Kathrin:
„Bist du dir sicher?"

Mani:
„Zu Hundertprozent, ja. Können wir über etwas anderes sprechen? Was hast du heute noch vor? Hättest du Lust und Zeit, mit mir etwas trinken zu gehen? Oder eventuell, Essen gehen?"

Kathrin lachte:
„Ja, sehr gerne. Dann hat es sich auch ausgezahlt, einen Rock zu tragen."

Mani:
„Fein. Du entscheidest, was wir machen und wohin wir gehen."

Kathrin:
„Passt. Dann lass dich überraschen. Auch wenn du versuchst, das Thema zu wechseln, so möchte ich dir schon noch sagen, dass Sabrina, dich in ihr Herz geschlossen hat. Sie weiß, was Jaqueline an dir hat. Immerhin, hatte sie es mit ihren eigenen Augen gesehen."

Mani:
„Wie meinst du das?"

Kathrin:
„Eure Hochzeitsnacht? Hast du es schon vergessen, dass Sabrina euch zugesehen hatte?"

Mani:
„Ja, das war einmal. Eine Ausnahme sozusagen."

Kathrin:

„Ich war neugierig, und habe sie gestern beim Telefonieren, darauf angesprochen. Weißt du, warum sie darüber nicht spricht?"

Mani:

„Ich denke, ihr ist es peinlich."

Kathrin:

„Nein, nicht deswegen. Sie hat Angst, dass es ihr gefallen könnte, wenn ihr zu Dritt im Bett liegt."

Mani:

„Jetzt verstehe ich gar nichts mehr."

Kathrin:

„Naja, sie hat dich gesehen, wie du mit Jaqueline…, du weißt schon. Sie war sehr angetan von dir, wie du es gemacht hattest. Sie kennt nur Männer, die sich benehmen wie Männer halt. Du bist kein richtiger Mann."

Mani:

„Kein Mann? Na das ist aber nett. Was bin ich stattdessen?"

Kathrin:

„So habe ich es nicht gemeint. Natürlich bist du ein Mann, aber sehr feminin. Du bist nicht behaart, und bist einfühlsam und zärtlich, beim… du weißt schon wobei. Das meinte sie mit dem was sie sagte. Deswegen, hat sie ja Angst davor, dass es ihr gefallen könnte. Und warum? Weil sie dann diejenige wäre, die mit dem Freund ihrer Partnerin schlafen würde. Jaqueline würde dich niemals mit einer anderen Frau teilen, verstehst du? Das ist der Grund, warum Sabrina, dies verheimlichte und darüber schweigt. Sie würde zwar nicht mit dir alleine verkehren, sondern nur wenn ihr zu Dritt euch liebt, aber sie würde es als Untreue gegenüber Jaqueline empfinden. Hast du es jetzt verstanden?"

Mani:
„Ja und irgendwie auch nein. Themawechsel, okay?"

Kathrin:
„Ja, okay. Aber bitte, schweige darüber."

Mani lachte:
„Weswegen soll ich schweigen? Ja, ja. Ich habe sowieso nichts verstanden, keine Angst."

Kathrin:
„Gut, mein Lieber. Ich werde dir noch etwas Blut abnehmen und dann versuchst du zu schlafen, damit die Therapie wirken kann."

Mani:
„Und was machst du in der Zwischenzeit?"

Kathrin:
„So wie immer. Ich überwache die Behandlung und bleibe ruhig bei dir sitzen."

Mani:
„Ich kann nicht auf Befehl einschlafen."

Kathrin:
„Das wirst du, mach dir keine Sorgen."

Mani:
„Darf ich meine Hand auf dein Knie legen? Dann, kannst du auch besser das Blut abzapfen."

Kathrin:
„Bitte, gerne. Vergiss nicht zu schlafen."

Mani begann Kathrins Knie und Oberschenkel zu streicheln und flüsterte:
„Das fühlt sich gut an, Frau Doktor."

Kathrin sagte kein Wort und genoss die Zärtlichkeit von Mani. Es dauerte nicht lange, bis er einschlief. Kathrin saß weiterhin neben ihm und ließ seine Hand auf ihrem Bein liegen.

Nach der Behandlung, wurde Mani munter. Kathrin lächelte ihn an und sagte:
„Gut geschlafen?"

Mani:
„Ja, und dabei etwas Schönes geträumt."

Als es plötzlich an der Tür klopfte, öffnete Kathrin diese. Es waren Jaqueline und Sabrina, die Mani abholen wollten. Aber Mani, hatte bereits Kathrin gefragt, ob sie mit ihm ausgehen wollte. Er sagte:
„Es wäre jetzt wirklich unhöflich, ihr abzusagen."

Kathrin:
„Nein, wir können es ja auf ein anderes Mal verschieben. Gib deiner Liebsten keinen Korb, wenn sie sich schon abholt."

Mani:
„Nur wenn Kathrin mitkommt."

Jaqueline und Sabrina hätten es sowieso vorgehabt, auch Kathrin mitzunehmen. Daraufhin gingen sie gemeinsam aus. Sie begaben sich zum Bermudadreieck in die Wiener Innenstadt. Hier fühlte sich Mani immer sehr wohl. Der Türsteher begrüßte die Stammgäste. Er kannte bereits Jaqueline, Sabrina und Mani, ebenso wie das Servicepersonal, das sich über die hübschen Blondinen, Mani und auch Kathrin freute. Sie suchten sich einen Tisch aus und bekamen jeweils einen Begrüßungssekt serviert. Kathrin war das erste Mal in dieser Lokalität. Sie setzte sich neben Mani.

Während Jaqueline, Kathrin und Mani viel Spaß hatten, wurde Sabrina immer müder. Sie hatte wegen ihrer engen Termine, nicht viel geschlafen und gähnte immer öfters. Jaqueline hatte mit Sabrina Mitleid und sagte:

„Meine Lieben. Offensichtlich ist Sabrina sehr müde. Wie wäre es, wenn wir diesen schönen Abend beenden und ein anderes Mal ausgehen?"

Mani:

„Wenn es dich nicht stört Prinzessin. dann bleibe ich mit Kathrin noch ein wenig. Du kannst ja mit Sabrina, einstweilen heimfahren."

Sabrina:

„Es tut mir wirklich sehr leid. Ich freute mich schon sehr auf euch, aber meine Müdigkeit holt mich ein. Bitte, seid mir nicht böse."

Kathrin:

„Ist schon okay, Sabrina. Wir sehen uns später, okay?"

Jaqueline gab Mani noch einen liebevollen Kuss auf den Mund und fuhr mit Sabrina in die Wohnung. Mani und Kathrin blieben noch.

Kathrin und Mani gingen an die Bar. Es lief eine Discomusik und Kathrin begann zu tanzen. Mani nahm ihre Hände und schwang mit ihr zum Takt der Musik. Beide hatten schon ein Paar Gläser Alkohol konsumiert und sie wurden immer lustiger. Als Kathrin bereits verschwitzt vom tanzen war, setzte sie sich auf den Barhocker und nahm Mani zwischen ihre Beine. Mani war von Kathrins Füßen umschlungen. Sie zog ihn heran und sagte:

„Wir sollten den Abend beenden. Du hast schon mehr Alkohol getrunken, was mir lieb ist. Es ist nicht gut für dich."

Mani umarmte sie und sagte:
„Jetzt schon? Hey, mir kann nichts passieren, ich bin ja mit meiner Ärztin unterwegs."

Kathrin:
„Bitte, sei brav und folge deiner Ärztin."

Mani blickte ihr tief in die Augen und näherte sich langsam ihren Lippen. Kathrin presste mit ihren Füßen, Mani fest zu sich. Ihre Lippen berührten sich ganz zärtlich. Ihr Küssen wurde immer leidenschaftlicher und Mani streichelte ihre Beine und ihr Hinterteil. Kathrin wurde so erregt, dass sie Mani immer heißer mit der Zunge küsste.

Nach einigen Minuten beendete Kathrin die Küsserei und sagte:
„Wir sollten es jetzt lieber beenden. Jaqueline wartet sicher schon auf dich."

Mani:
„Sabrina ist bei ihr. Ich werde sie nicht stören. Ich fahre in mein Reich."

Kathrin:
„Nein. Das lasse ich nicht zu. Dann komm wenigstens zu mir."

So geschah es auch. Kathrin nahm Mani mit in ihre Dienstwohnung. Noch immer gut gelaunt, dachten die bereits angetrunkenen Turteltauben nicht ans schlafen gehen. Sie scherzten und tollten zusammen herum. Dabei kamen sie sich immer wieder, gefährlich nahe. Kathrins Beine, waren für Mani wie ein Magnet. Er konnte seine Hände nicht von ihr lassen. Kathrin gefiel es, von Mani berührt zu werden. Sie wussten zwar beide, dass nichts Sexuelles geschehen durfte. Aber, mit einem erhöhten Alkoholspiegel, spielen die Gefühle schon einmal verrückt.

Kathrin ermahnte Mani beim Herumtollen:
„Denk an Jaqueline und benimm dich."

Mani:
„Wie immer, Frau Doktor."

Während der ausgelassenen Kissenschlacht und dem gegenseitigen Kitzeln, landete Kathrin liegend auf Mani. Kathrin verspürte den eisernen Drang ihn zu küssen. Mani war nicht abgeneigt und schob ihren Rock hoch, um diesen zu streicheln.

Nach einiger Zeit, drehte Mani seinen Kopf zur Seite damit Kathrin ihn nicht mehr auf den Mund küssen konnte. Dabei hielt er sie fest umarmt, damit sie nicht aufstehen konnte.

Er sagte:

„Es ist sehr schön mit dir. Aber wir dürfen nicht."

Kathrin:

„Ich weiß und es wird auch nichts geschehen."

Mani lächelte und sagte:

„Bei dieser Stellung, wird nichts geschehen? Sehr gefährlich, Frau Doktor."

Kathrin lachte ebenfalls:

„Es ist nicht gefährlich, sondern sehr angenehm, mein Lieber."

Mani:

„Ja eben, deswegen sehr gefährlich."

Kathrin:

„Solange du mich festhältst, kann ich nicht aufstehen."

Mani streichelte weiterhin ihren Po:
„Du sollst ja auch nicht aufstehen. Bleib einfach liegen.

Kathrin:
„Das Bett wäre gemütlicher.“

Mani:
„Schon möglich, aber hier spüre ich dich und kann deinen süßen Po genießen.“

Kathrin:
„Das kannst du auch im Bett.“

Mani und Kathrin standen auf und gingen zusammen in das Bett. Kathrin zog ihre Bluse und ihren Rock aus. Mani befreite sich von Shirt und Hose. Nur mit der Unterwäsche bekleidet, legten sie sich in das Bett und sie streichelten sich gegenseitig. Kathrin fiel es sehr schwer, Mani nicht zu verführen. Immerhin war sie ja in ihn verliebt, was Mani nicht wusste. Aber auch Mani musste sich sehr zurückhalten. Er verspürte ein tiefes Verlangen nach seiner Ärztin. Trotz inniger Liebe zu Jaqueline, war er sehr angetan von Kathrin.
Seine Gedanken spielten verrückt und drehten sich im Kreis. Der enge Hautkontakt mit Kathrin, gefiel ihm sehr. Er fühlte sich ihr sehr vertraut und sehr verbunden. Immerhin, verbrachte er in den letzten Wochen und Monaten, mehr Zeit mit

Kathrin als mit Jaqueline. Er konnte mit ihr, über alles reden, sei es auf lustiger Ebene, oder auch über ernste Themen. Sie harmonierten auf der gleichen Schiene. Hinzu kamen noch, die ständigen Berührungen, während den Therapien. Sein Herz zeigte ihm, dass er sich in Kathrins Nähe, sehr wohlfühlen konnte. Er musste sich sehr zusammenreißen, um sie nicht zu verführen. Dies fiel ihm sehr schwer, trotz Liebe zu Jaqueline.

Mit beiderseitiger Zurückhaltung und dicht aneinander gekuschelt, schliefen sie nach einiger Zeit ein.

Zur selben Zeit, machte sich Jaqueline schon Sorgen um Mani und Kathrin. Sie machte kein Auge zu. Als es bereits 8 Uhr in der Früh war, konnte sie einfach nicht mehr liegen bleiben. Sie stand auf und versuchte Mani und auch Kathrin, telefonisch zu erreichen. Aber es war vergebens.

Sabrina bekam von alldem nichts mit. Sie schlief wie ein Murmeltier.

Erst um die Mittagszeit, meldete sich Kathrin bei Jaqueline. Kathrin merkte, dass die Stimmung angespannt war. Sie weckte Mani mit einem schlechten Gewissen, gegenüber Jaqueline:
„Jaqueline machte sich Sorgen. Komm, fahren wir zu ihr."

Mani:
„Wozu machte sie sich Sorgen? Sabrina ist doch bei ihr."

Kathrin:
„Und deswegen darf sie sich nicht um dich Sorgen? Sie liebt dich doch."

Als sie bei Jaqueline und Sabrina ankamen, war auch Sabrina schon aufgestanden. Jaqueline war sichtlich angespannt, aber sie versuchte ihre Stimmung zu verheimlichen. Natürlich merkten es die Anwesenden. Kathrin, versuchte ehrlich zu sein und erzählte von der letzten Nacht.

Jaqueline spürte, wie ihr Herz schmerzte, aber sie sagte kein Wort. Mani saß stillschweigend neben Kathrin und sah Jaqueline an.

Anschließend, ergriff Sabrina das Wort, um die Spannung zu lindern:

„Es ist ja nichts passiert. Schön, dass ihr da seid."

Jaqueline:

„Nichts passiert? Das liegt aber im Auge des Betrachters, meine Liebe. Ich habe mir große Sorgen gemacht und die beiden küssten sich? Und da sagst du, es ist ja nichts passiert?"

Sabrina:

„Liebste, jetzt lass die Kirche im Dorf. Ja, sie haben sich geküsst und gestreichelt. Denk bitte daran, dass Mani dich liebt und dir treu war."

Kathrin und Mani entschuldigten sich bei Jaqueline, aber bereuten die letzte Nacht nicht.

Sabrina beruhigte Jaqueline:

„Denk dich auch in Mani hinein. Er muss dich teilen und ist dir trotzdem treu. Er amüsierte sich mit Kathrin und beide wussten, wann sie die Bremse ziehen mussten. Sei nicht böse auf ihn und Kathrin."

Jaqueline:

„Ich bin nicht böse. Aber ich spürte eine schmerzhafte Eifersucht. Und ich war in Sorge."

Sabrina:
„Deine Eifersucht ist unbegründet. Er liebt dich genauso wie ich."

Jaqueline:
„Jetzt weiß ich, was es heißt, seinen Liebsten, teilen zu müssen. Ich könnte es nicht und sterbe schon beim Gedanken daran."

Jaqueline stand auf und umarmte Mani. Sie bedankte sich bei ihm und auch bei Kathrin, dass sie nicht miteinander geschlafen hatten.

Mit feuchten Augen, sagte Jaqueline zu Mani:
„Ich habe nicht das Recht, eifersüchtig zu sein. Es tut mir von ganzem Herzen leid, dass ich dir ein schlechtes Gewissen gemacht habe. Jetzt habe ich es wirklich verstanden, dass du nicht mein Eigentum bist. Jede Minute mit dir, ist ein Geschenk für mich. Ebenso, betrifft es Sabrina, aber auch Kathrin. Ich liebe euch und möchte euch nicht verlieren. Sind wir noch eine Familie?"

Mani:
„Natürlich, Prinzessin."

Sabrina antwortete:
„Ja, das sind wir und Kathrin ist der gleichen Ansicht. Jetzt gehen wir etwas essen, ich lade euch ein."

Kathrin:
„Nein, nicht so. Ich möchte mich frisch machen und umziehen."

Jaqueline:
„Du kennst den Weg ins Bad, liebe Kathrin. Danach bedienst du dich in meinem Kleiderschrank. Und ich, werde das gleiche tun. Komm, Kathrin."

Sabrina servierte Mani einen schwarzen Kaffee und sie warteten auf ihre Liebsten:
„Erzähl schon, wie war die Nacht?"

Mani schmunzelte:
„Kathrin hat schon alles erzählt. Mir hat es gefallen, wenn ich ehrlich bin."

Sabrina:
„Kathrin sicher auch, so wie sie gestrahlt hatte. Du darfst Jaqueline nicht böse sein. Sie liebt dich und es ging ihr wirklich sehr nahe."

Mani:
„Ich weiß. Alles wieder in Ordnung."

Sabrina:
„Jaqueline sagte mir, dass du morgen nicht nach Berlin mitfahren kannst?"

Mani:

„Es geht wirklich nicht. Ich muss einiges an Arbeit wieder aufholen. Der Termindruck, du kennst es ja."

Sabrina:

„Ja, das kenne ich. Aber, dann bleib bitte diese Nacht bei uns."

Mani:

„Schauen wir mal."

Sabrina:

„Kathrin fährt mit uns morgen mit. Wäre schön, wenn sie auch gleich hier schlafen würde."

Mani:

„Ja, dann bin ich wieder ganz alleine."

Sabrina:

„Jaqueline kommt, was sie mir sagte, nach ein paar Tagen, sowieso wieder nach Wien. Übrigens, es tut mir sehr leid wegen gestern. Ich habe mich so auf euch gefreut, aber dann, war ich einfach nur mehr müde."

Mani:

„Hierfür habe ich vollstes Verständnis, Sabrina."

Sabrina:

„Meinetwegen, hattet ihr heute den Stress. Wenn

wir alle geblieben wären, dann hätte der Abend, einen anderen Ausgang gehabt. Jaqueline hatte mich noch irgendwie in das Bett gebracht. Ich war so müde und habe fast nichts mehr mitbekommen, so fertig war ich."

Mani:
„Es war trotz allem ein schöner Abend. Ich hatte noch viel Spaß mit Kathrin."

Sabrina lachte:
„Ja, wenn sie auftaut, dann kann sie schon ordentlich aus sich heraus gehen, die liebe Kathrin. Sie war in bester Gesellschaft, ansonsten wäre sie nicht so lange geblieben."

Jaqueline kleidete Kathrin, mit einem ihrer schönsten Kleider, und gab ihr, die feinsten und edelsten halterlosen Strümpfe, die sie im Repertoire hatte. Sie gingen zu Mani und Sabrina, um sich zu zeigen:

Mani:
„Wow, ich bin sprachlos."

Kathrin sah umwerfend aus und Jaqueline glich einem Engel. Kathrin hatte ein kurzes Mini-Kleidchen mit einem tiefen Ausschnitt an. Jaqueline trug einen schwarzen Minirock ohne Strümpfe und ein weißes transparentes Träger-Shirt. Darunter war ihr weißer Spitzen BH zu sehen. Beide Frauen trugen die dazu passenden High-Heels an den Füßen. Beide sahen atemberaubend schön aus.

Sabrina hatte sich bereits morgens hübsch gemacht. Sie wählte ein elegantes Outfit. Ein kurzer Rock, Bluse und einen Blazer. An den Beinen glänzten Nylonstrümpfe und an den Füßen, hatte sie die farblich abgestimmten hohen Schuhe zum Rock-Kostüm.

Mani war wie gestern in Jeanshose und einem Hemd bekleidet.

Sabrina führte ihre Gäste in ein gutes Restaurant und danach gingen sie in eine Vinothek. Mani war stolz, zwischen drei wunderschönen Frauen, sein zu dürfen.

Kathrin war Mani gegenüber, zurückhaltender als sonst, wegen Jaqueline. Besonders in der Vinothek, fiel es Jaqueline auf und sprach sie an: „Kathrin, ich habe dir nicht, eines meiner schönsten Kleider gegeben, damit du dich von Mani fernhältst. Ich weiß, dass ihr euch mögt. Und, diese Strümpfe gefallen Mani sehr. Wenn ich gewollt hätte, dass er deine Beine nicht anguckt, hätte ich sie dir nicht gegeben."

Kathrin und Mani lachten sich an und rutschten zusammen, und Jaqueline hob ihr Glas: „Auf euch, ihr Lieben. Genießen wir unsere gemeinsame Zeit."

Jaqueline hatte nach einiger Zeit das Bedürfnis, das gemütliche Beisammensein, in die Wohnung zu verlagern.

In der Wohnung angekommen, plagte Jaqueline noch immer das schlechte Gewissen, von heute Morgen. Sie servierte allen Anwesenden, die Getränke und fragte stets nach ihren Wohlbefinden, bis Mani sie darauf ansprach:

„Jaqueline, du musst uns nicht bedienen. Setz dich zu uns."

Jaqueline:

„Vielleicht kann ich es damit wieder gut machen?"

Mani:

„Das brauchst du nicht, Prinzessin. Deine Reaktion, war für mich nachvollziehbar. Jetzt komm bitte und nimm Platz."

Sabrina:

„Hör auf deinen Schatz und setz dich endlich."

Nachdem sie alle gemeinsam zwei Flaschen Rotwein geleert hatten, wurde die Stimmung recht fröhlich. Jaqueline saß zwischen Mani und Sabrina. Kathrin genoss es, neben Mani zu sitzen. Mitten im gemeinsamen Gespräch, küsste Sabrina ihre Jaqueline auf den Mund. Mani lächelte und legte seine Hand auf Kathrins Knie. Kathrin gefiel es sehr, und legte ihre Hand auf

seine. Dabei drückte sie seine Hand fester an ihr Knie. Jaqueline bekam es mit und sagte:
„Ich weiß, dass ich sehr eifersüchtig werden kann. Es klingt jetzt total bescheuert, aber ich möchte dich Mani mit Kathrin küssen sehen."

Mani:
„Was soll das?"

Jaqueline:
„Bitte Mani. Ihr habt euch doch gestern auch geküsst. Könnt ihr euch nicht in meiner Anwesenheit, jetzt einfach küssen, so wie gestern?"

Mani sah Kathrin an und wusste nicht so recht, ob das jetzt vernünftig sei. Kathrin umarmte Mani und begann ihn zu küssen. Ihre Küsse wurden immer intensiver, und Mani begann mit seinen Händen, an Kathrins Beine zu fummeln.

Sabrina zog Jaqueline zu sich und küsste sie ebenfalls. Dabei flüsterte sie ihr ins Ohr:
„Wenn es dir nicht weh tut, dann lass sie und verschmelze mit mir, Süße."

Nach einer heißen Kuss-Aktion sagte dann etwas später, Jaqueline:
„Ich möchte jetzt nicht behaupten, dass es mir völlig egal ist, aber anscheinend war das schmerzhafte, dass ich nicht dabei war."

Sabrina:

„Daran kann es natürlich schon liegen. Eines musst du aber noch bedenken, dass ich auch hier bin. Wenn jetzt Mani und Kathrin sich küssen und du alleine anwesend wärst, würde es dich eventuell doch mehr stören, als jetzt."

Jaqueline:
„Ja, so ist es."

Sabrina:
„Somit wäre das auch geklärt. Wer möchte noch Nachschub? Wem darf ich nachschenken?"

Eine weitere Flasche wurde geköpft und ausgetrunken. Als es dann schon spät wurde, sagte Jaqueline:
„Es wird Zeit ins Bett zu gehen. Ich würde mich sehr freuen, wenn Mani und Kathrin, bei mir und Sabrina, schlafen würdet."

Sabrina:
„Ja, bitte bleibt bei uns. Wir machen nichts Verbotenes. Aber es ist sicher sehr kuschelig zu viert im Bett. Ohne Sex, natürlich."

Da niemand, es ablehnte, gingen sie ins Bad und anschließend in das Schlafzimmer.
Mani war der erste, der fertig war und kuschelte sich bereits in das Bett, bis alle anderen hinzukamen.

Da Mani frühmorgens beruflich losmusste, kuschelte er sich gleich am Anfang des Bettes unter die Decke. Kurz darauf kamen Jaqueline, die sich neben Mani legte, und Sabrina.

Kathrin, hatte noch etwas zu tun und kam etwas später ins Bett. Doch bevor sie ins Bett kam, presste sich Mani fest an Jaquelines Hinterteil. Jaqueline küsste Sabrina und griff in Manis Unterhose und nahm sein Geschlechtsteil, den sie in ihre Vagina von hinten einschob. Ohne sich viel zu bewegen, genoss sie es, ihn zu spüren.

Kathrin legte sich später nichts ahnend hinter Mani, ins Bett und umarmte ihn.

Weder Kathrin noch Sabrina, merkten etwas davon, dass Manis Geschlechtsteil in Jaqueline steckte.

Zeitig in der Früh stand Mani auf und schlich sich aus dem Bett. Als er ins Bad ging, kam Kathrin aus dem Zimmer und folgte ihm:

„Hey. Musst du schon in die Arbeit?"

Mani:

„Ja, leider. Warum schläfst du nicht?"

Kathrin:

„Ich wurde munter, als du aufgestanden bist. Wenn du noch Zeit für einen Kaffee hast, würde ich dir Gesellschaft leisten. Nur, wenn es dich nicht stört."

Mani:
„Ja sehr gerne. Ich bin gleich fertig."

Einstweilen richtete Kathrin den Kaffee her. Als
Mani zu Kathrin kam, fragte sie ihn:
„War es schön, letzte Nacht mit Jaqueline?"

Mani blickte fragend und Kathrin sagte:
„Ich habe es bemerkt, dass dein bestes Stück in
Jaqueline…, Du weißt schon."

Mani lächelte verlegen und fragte:
„Wie hast du es bemerkt? Wie waren doch ganz
ruhig und still."

Kathrin:
„Ich spürte es. Immerhin lag ich ganz dicht an
deinem Po."

Mani:
„Das tut mir leid, das wollte…"

Kathrin unterbrach ihn mit den Worten:
„Schon gut, Mani. Ich war dadurch sehr erregt
und ich gönnte es euch."

Mani:
„Ach, wie süß. Du bist echt eine ganz tolle und
liebe Frau. Ich werde euch alle vermissen. Wann
kommst du wieder nach Wien?"

Kathrin:

„Wenn alles passt, fahre ich in 2 bis 3 Tagen wieder mit Jaqueline mit."

Mani:

„Da freue ich mich sehr. Ich vermisse euch jetzt schon. Sag mal, lagst du nur mit dem Slip, hinter mir im Bett?"

Kathrin lachte:

„Ja, aber du warst ja anderwärtig beschäftigt und konntest es gar nicht sehen. Schlimm?"

Mani:

„Nein, eher gefährlich."

Kathrin:

„Gefährlicher, als bei Jaqueline?"

Mani:

„Schon möglich."

Kathrin.

„Komm her und lass dich nochmals drücken, bevor du fährst."

Kathrin umarmte Mani und er begrapschte sie zärtlich am Po, und sagte:

„Das fühlt sich sehr gut an."

Kathrin.
„Ich weiß. Pass auf dich auf und arbeite nicht zu viel. Tschüss, mein Lieblingspatient."

Mani:
„Muss ich deinen Po, jetzt schon loslassen?"

Kathrin:
„Ja, das wäre besser."

Mani gab Kathrin einen Kuss auf den Mund und sagte:
„Ich werde sehnsüchtig warten. Tschüss Kathrin. Gib Jaqueline und Sabrina noch einen Kuss von mir. Passt auf euch auf. Auf ein schönes Wiedersehen."

Am nächsten Tag in Berlin, war die Dienstvertragsunterzeichnung von Kathrin für die Versetzung nach Sambia.

Jaqueline war immer sehr traurig, wenn sie von Mani getrennt war. Sabrina, schaffte es stets, sie auf andere Gedanken zu bringen und ihr ein Lächeln ins Gesicht zu zaubern.

Noch am Morgen, bevor Kathrin in die Klinik musste, traf sie sich mit Sabrina und Jaqueline zu einem gemeinsamen Kaffee. Sie unterhielten sich über alles Mögliche, und natürlich auch über Mani. Jaqueline sprach mit Liebe überzogener Stimme über ihren Liebsten und Kathrin hörte immer sehr aufmerksam zu. Sie freute sich für Beide, dass sie sich so sehr liebten.

Sabrina, hatte vollstes Verständnis für diese Liebe. Immerhin ging es ihr ja auch so. Ihre Liebe zu Jaqueline konnte mit nichts aufgewogen werden. Diese war ebenso unendlich wie die, von Mani zu Jaqueline,

Nach dem morgendlichen Kaffee, fuhr Kathrin in die Klinik und Jaqueline mit Sabrina zum Shoppen.

Jaqueline fuhr mit Sabrina nach Berlin, um ein bestimmtes Geschäft zu besuchen. Sie parkte das Auto in einer Linkskurve wo es auf der rechten Seite, Schrägparkplätze gab. Beim Aussteigen fiel Sabrina etwas unter das Auto. Sie hatten viel Spaß. Sabrina war in guter und fröhlicher

Stimmung. Die beiden Blondinnen lachten so sehr, dass die Passanten auf sie aufmerksam wurden. Teilweise wurden andere Personen vom Lachen angesteckt.

Jaqueline, die bei offener Autotür immer lauter lachte, stieg dann bei der Fahrerseite aus und wollte Sabrina helfen und ging dabei hinter dem Auto vorbei.

Als sie beim Heck des Fahrzeuges war, stand die Erde still.

Jaquelines Engel konnten es nicht verhindern. Es kam ein Auto mit erhöhter Geschwindigkeit. Ein betrunkener Autolenker, konnte das Auto nicht in der Spur halten und erwischte Jaqueline mit voller Wucht. Ungebremst rammte er sie und schleuderte Jaqueline über das Auto. Sabrina, die auf der Beifahrerseite stand, musste das tragische Unglück mit ansehen.

Sie schrie sich die Seele aus dem Leib:
„Neeeiiin, Neeeiiin, Neeeiiin, Jaqueline, Nein."

Blutüberströmt lag Jaqueline auf dem Boden und ihr Gesicht war zertrümmert. Sie zeigte keine Lebenszeichen.

Ein Notarzt war sehr schnell an der Unfallstelle.

Für Sabrina drehte sich die Welt nicht mehr. Ihre Ehefrau lag im Sterben und der Asphalt wurde durch Jaquelines Blut gefärbt. Kathrin die zu diesem Zeitpunkt in der Klinik war, bekam den Notruf mit.

Das Notarztteam versuchte alles um sie im Leben zu behalten. Viele Passanten und Ersthelfer standen um die blutverschmierte Jaqueline. Jeder war bemüht, alles für das Unfallopfer zu tun.

Auf dem schnellsten Weg wurde Jaqueline in die Klinik gebracht. Kathrin und ihre Kollegen nahmen sie in Empfang und brachten sie in einen Spezial-OP-Raum. Jaqueline wurde in das künstliche Koma gelegt.

Sabrina, die mit dem Notarztwagen in die Klinik mitgefahren war, verstand die Welt nicht mehr. Sie bekam sofort psychologische Betreuung.

Kathrin informierte nach der Erstbegutachtung, umgehend Mani in Österreich. Die schockierende Nachricht traf ihn wie ein Blitz. Sein Herz schrie vor Schmerz nach seiner geliebten Prinzessin Jaqueline.

Er ließ die Arbeit sofort liegen und er wusste, mit dem Auto bräuchte er für die 1000 Kilometer, etwa 8 Stunden, je nach Verkehr. Somit buchte er sofort über die Air-Berlin, den nächsten Flug nach Berlin.

Jede Minute zählte und er hatte das Gefühl, es vergingen Stunden, während der Wartezeiten. Im ständigen Kontakt mit Kathrin, bangte er um seine Jaqueline. Sabrina, die in der Klinik,

Angstzustände bekam, hatte einen Nervenzusammenbruch. Nur Kathrin, hatte keine Zeit zum Nachdenken, sie funktionierte und kümmerte sich um alles. Am Wichtigsten war es für sie natürlich, Jaqueline am Leben zu behalten. Sie unterstützte das Chirurgen-Team mit all ihren fachlichen Wissen. Die besten Ärzte trommelte Kathrin zusammen. Der Zustand von Jaqueline wurde immer bedrohlicher. Trotz aller medizinischen Maßnahmen, wurde sie nicht stabil.

Kathrin wusste, dass sie in diesem Moment, nichts für das Unfallopfer machen konnte und begab sich zum Flughafen um Mani abzuholen. Sie war mit der Chirurgie telefonisch in Kontakt. Sie wartete in der Ankunftshalle als Mani kam. Kathrin und Mani umarmten sich und weinten. Kathrin machte Druck, um rasch wieder in der Klinik zu sein. Mani konnte es immer noch nicht glauben, dass seine Prinzessin um ihr Leben kämpfte. Im Eiltempo raste Kathrin in die Klinik. Trotz ihres Zusammenbruches, bestand Sabrina darauf, vor dem Überwachungsraum von Jaqueline, zu sein. Sie bangte um ihre Liebe und saß neben der Tür am Boden. Als Kathrin und Mani kamen, reagierte sie nicht. Sie war Geistesabwesend und weinte. Kathrin und Mani halfen ihr auf die Beine. Sabrina drückte Mani ganz fest und schrie sich die Wut aus dem Bauch. Kathrin ging zu Jaqueline und Mani schaffte es,

Sabrina zu beruhigen. Fest umarmt, warteten sie beide auf Neuigkeiten über ihre Jaqueline.

Nach einiger Zeit ging die Tür auf und Kathrin kam heraus. Mani und Sabrina standen auf und starrten Kathrin an. Doch, Kathrin drehte ihren Kopf mit Tränen in den Augen, nach links und rechts.

Jaqueline, erlag ihren schweren Verletzungen.

Das Licht ging für Jaqueline aus und ein Trauernebel hing über den Beteiligten.

Sabrina und Mani weinten zusammen um ihre Jaqueline. Sabrina schrie so laut, dass sie medizinisch beruhigt werden musste.

Kathrin kümmerte sich um die Beiden.

Kathrin funktionierte einfach und hatte keine Zeit zum Weinen. Erst am Abend bei Sabrina und Mani, brach ihre ganze Wut und Trauer aus ihr aus.

Sabrina:
„Nur wenige Sekunden davor, strahlte und lachte sie noch. Im nächsten Moment ist alles anders. Wie kann das sein. Warum? Warum unsere Jaqueline?"

Kathrin:
„Für so einen Schicksalsschlag gibt es keine Erklärung."

Mani:
„Sie war meine Prinzessin. Ein Engel auf Erden, die nun wieder in den Himmel gezogen ist."

Sabrina:
„Was will uns das Leben sagen? Waren wir zu glücklich und war es uns nicht gegönnt?"

Für diese Tragödie gab es keine Worte.

Kathrin organisierte noch, dass Jaquelines Pflegemutter, ebenfalls eine psychologische Betreuung bekam.

Sabrina fragte Kathrin:
„Wann gehst du nach Afrika?"

Kathrin:

„In etwa 6 Monaten, werde ich meinen Dienst in Sambia beginnen."

Mani stellte fest:

„Dann sehen wir uns ja gar nicht mehr."

Kathrin:

„Wir werden uns Wiedersehen. Sagt mir bitte, wen müssen wir alle über dieses Schicksal informieren? Und, wie organisieren wir das Begräbnis?"

Sabrina brach in Tränen aus. Daraufhin verschob sie dieses Thema auf den nächsten Tag. Auch Mani konnte seine Tränen nicht verheimlichen. Kathrin versuchte stark zu sein, aber es gelang ihr nicht. Stundenlang weinten sie zu dritt und trauerten um Jaqueline. Von der Klinik ging es in die Wohnung von Sabrina, wo einst auch Jaqueline lebte. Der Anblick von Jaquelines Gegenständen, schmerzte natürlich noch mehr. Egal wo man hinblickte, sah man Jaqueline.

Am Abend begann es zu regnen. Der Himmel weinte ebenfalls um ihren, auf die Erde gesandten Engel Jaqueline.

Die ganze Nacht hindurch schwebten Regenwolken am Himmel und sämtliche Engel weinten mit Sabrina, Mani und Kathrin.

Nur mühsam und mit großer Trauer, versuchten sie zu schlafen. Sabrina, Kathrin und Mani lagen in einem Bett und gaben sich gegenseitig, den trauernden Beistand.

Kathrin war als Erste schon sehr früh munter und schlich sich in die Küche, um einen Kaffee zu machen. Als Mani, wenige Minuten hinzukam, weinte Kathrin. Mani nahm sie in die Arme und hielt sie ganz zärtlich, aber fest.
Sie sagte mit weinender Stimme:
„Warum war sie zur falschen Zeit am falschen Ort? Warum gerade Jaqueline?"

Mani sagte kein Wort und drückte sie einfach fest an sich. Er streichelte ihren Nacken und seine Tränen liefen ihm über das Gesicht.
Es dauerte einige Minuten, bis sie sich wieder fing:
„Danke, für deine wohltuende Nähe. Ich konnte nicht anders, als weinen."

Mani:
„Schon gut, Kathrin. Es ist für uns Alle, unbegreiflich und schmerzhaft. Gerade du, hast uns gestern soviel Kraft und Liebe gegeben. Jetzt kommt bei dir alles heraus, was du gestern nicht konntest. Auch ich, bin für dich da. Zu jeder Zeit."

Kathrin lächelte Mani an und gab ihm einen

Kuss auf den Mund. Mani, wischte ihre Tränen vom Gesicht ab. Sie setzten sich zu Tisch und tranken ihren Kaffee.

Nach einiger Zeit sagte Kathrin:
„Ich denke es wäre gut, wenn Sabrina nicht alleine ist, wenn sie munter wird."

Mani:
„Ein guter Vorschlag. Dann, leg du dich zu ihr und ich werde…"

Kathrin:
„Nein. Nimm sie in deine Arme und ich werde ein Frühstück vorbereiten."

Mani kroch ganz leise zu Sabrina in das Bett und umarmte sie. Zärtlich streichelte er ihre Haare, die in ihr Gesicht hingen. Sabrina hatte einen unruhigen Schlaf und kuschelte sich immer dichter und fester zu Mani.
Als Sabrina ihre Augen öffnete sagte sie:
„Danke für dich, Mani. Durch dich, fühle ich mich Jaqueline sehr nahe. Immerhin liebten wir sie genauso, wie sie uns liebte."

Sabrina hörte, dass es immer noch regnete und sagte:
„Das ist der Rhythmus des fallenden Regens. Extremer und perverser, hätte es nicht sein können für unsere geliebte Jaqueline"

Mani:
„Ein schicksalhafter Erfolg."

Sabrina:
„Von einer Sekunde zur Anderen. Vom Leben zum Tode, und das noch so sinnlos unverschuldet."

Kathrin kam ins Schlafzimmer und setzte sich an das Fußende am Bett und sagte:
„Ich habe soeben mit der Pathologie telefoniert. Bei der routinemäßigen Obduktion, die laut Gesetz gemacht werden musste, da es sich um einen Unfall mit Todesfolge handelt, kam heraus, dass Jaqueline null Promille Alkohol im Blut hatte. Das ist sehr erfreulich, da ihr keine Mitschuld angehängt werden kann. Noch etwas kam heraus, liebe Sabrina und lieber Mani: Jaqueline war im zweiten Monat schwanger und zwar von dir, Mani."

Sabrina sah Mani an und umarmte ihn, mit Tränen in den Augen. Mani war sprachlos und reichte Kathrin seine Hand. Kathrin legte sich zu den Beiden in das Bett und umarmte sowohl Mani als auch Sabrina.

Sabrina:
„Ist diesen Scheiß Typ überhaupt bewusst was er angerichtet hat? Er hat auf einen Schlag, zwei

Leben ausgelöscht. Die härteste Strafe soll er bekommen."

Mani:
„Wut und Zorn, machen Jaqueline nicht mehr lebendig, Sabrina. Auch in mir, kocht es vor Wut."

Kathrin:
„Er wird seine Strafe bekommen. Versuchen wir erst gar nicht, dass er auch uns zerstört. Unser Leben, trotz Trauer und Schmerz, wird und muss weitergehen. Jaqueline hätte es so gewollt. Sie schaut vom Himmel auf uns herab. Zerbrechen wir nicht an Wut und Zorn, im Sinne von Jaqueline."

Plötzlich klingelte es an der Tür. Kathrin lief hin und öffnete die Wohnungstür. Es war Trixi:
„Hallo, ich bin eine gute Freundin von Jaqueline und hörte von diesem tragischen Unfall. Ich möchte Sabrina, mein Beileid aussprechen."

Sie bat Trixi in die Wohnung, stellte sich namentlich als Ärztin vor, und rief nach Sabrina und Mani.
Als Sabrina sie sah, begann sie zu weinen. Auch Mani konnte seine Tränen nicht zurückhalten und umarmte Trixi. Er traf sie schon ein paar Mal, zusammen mit Jaqueline. Trixi war sichtlich schockiert vom Tod ihrer Freundin. Sie hatte ein

gutes Verhältnis zu Mani und Sabrina. Ihr Herz schmerzte ebenso und auch sie war schockiert.

Sabrina ging dann ins Badezimmer, um sich frisch zu machen.

Kathrin, Trixi und Mani, setzten sich auf die Couch und unterhielten sich. Trixi konnte es nicht fassen, dass Jaqueline nicht mehr am Leben war:

„Warum Jaqueline? Sie war der gutmütigste und liebevollste Mensch, den ich in dieser Branche kannte. Das ist so unbeschreiblich traurig."

Sie teilten den Schmerz und keiner konnte es wirklich verstehen.

Trixi schweifte in Erinnerungen:

„Ich habe sie für ihre Liebe, zu dir und Sabrina, immer bewundert. Teilweise war es mir etwas unverständlich, bevor du in ihr Leben kamst. Aber, sie schwärmte von Sabrina und irgendwann ging es in meinem Kopf, dass sie ihre wahre Liebe gefunden hatte. Ihre Liebe zu dir, war für mich dann, realer. Tja, sorry, aber ich denke etwas zu konservativ, obwohl ich in der Musikbranche tätig bin."

Mani:

„Sie schätzte dich sehr und bewunderte dich, für deinen Gesang. Du hattest ihr viel geholfen und ihr immer wieder den Mut gemacht, zu singen. Ohne dich, wäre sie eventuell gar nicht in das Tonstudio gegangen."

Trixi:

„Sie war eine echte Bereicherung für die Szene. Sie hatte zwar nicht viele Kontakte, durch ihre treue Ehe zu einer Frau, aber jeder hatte Respekt vor ihr. Mit mehr Offenheit, hätte sie mehr erreicht. Ich bewunderte sie dafür. Die Liebe stand über dem Erfolg. Eine einzigartige Persönlichkeit, und jetzt ist alles vorbei."

Mani:

„Der Spaß am Leben und die Liebe, die sie lebte, war ihr immer wichtiger, als irgendwelche Aufträge. Der Erfolg war für sie nur nebensächlich."

Kathrin:

„Und genau das, machte sie aus. Nicht so zu sein, wie es von anderen verlangt wurde, sondern sie blieb sich selber treu. Mit ihrer Liebe zu Mani und Sabrina, fand sie ihren Sinn im Leben. Das nenne ich, ein glückliches und bereicherndes Leben. In Frieden soll sie Ruhen."

Trixi:

„Das hast du schön und treffend gesagt, Kathrin. Wir hatten uns bisher noch nicht gesehen, aber gehört habe ich schon einiges von dir. Schön, dich persönlich einmal zu sehen."

Kathrin:

„Die Freude ist ganz auf meiner Seite."

Trixi:

„Eines muss ich ganz ehrlich sagen: Ich fand es immer großartig wie Jaqueline zu ihrer Ehe stand und sie diese verteidigte, aber als du, Mani, in ihr Leben gekommen bist, war ich echt fasziniert. Ihr beide, habt ein echtes Traumpaar abgegeben. Ein schönes Paar, Mann und Frau, die sich offensichtlich sehr liebten. Ich schätze Sabrina sehr und Jaqueline liebte sie, aber ein Traumpaar ist für mich, nach wie vor, Mann und Frau. Ich hoffe, dass ich das so frei sagen darf."

Mani:

„Natürlich darfst du das frei sagen. Ich bin der Meinung, dass Jaqueline und Sabrina, das Traumpaar waren."

Kathrin:

„Ihr Beide, sowohl Sabrina, als auch du, seid ein Traumpaar mit Jaqueline gewesen. Eure gemeinsame Liebe, war einzigartig."

Trixi:

„Und genau das zählt am Meisten."

Als Sabrina, frisch gestylt hinzukam, sagte Trixi: „Ich möchte auf jeden Fall, Jaqueline die letzte Ehre erweisen und bei ihrem Begräbnis dabei sein. Wisst ihr diesbezüglich schon etwas Genaueres?"

Sabrina:

„Derzeit noch nicht, aber wir werden dir natürlich Bescheid geben, Trixi."

Trixi:

„Es werden sicher einige Kollegen kommen wollen."

Sabrina:

„Darf ich dich bitten, dass du sie dann informierst? Sobald wir den genauen Ablauf wissen, bekommst du die Info. Würdest du es machen, Trixi?"

Trixi:

„Selbstverständlich, Sabrina. Gut, dann werde ich wieder gehen. Lieber Mani, liebe Sabrina und liebe Kathrin, in meinem Herzen bin ich bei euch, in dieser schweren Zeit. Mein tiefstes Mitgefühl."

Sabrina, Kathrin und Mani verabschiedeten sich von Trixi.
Anschließend, als sie alleine waren, sagte Sabrina:

„Ich wünsche mir ein kleines Begräbnis, nur für uns. Erst dann, sollen alle anderen, von Jaqueline Abschied nehmen. Was sagt ihr dazu?"

Kathrin und Mani, waren einverstanden.

Bis zur Beerdigung, war noch viel zu tun. Diese traurige Zeit, waren sie unzertrennlich. Mani sagte alle Termine in Österreich ab. Kathrin nahm einen Sonderurlaub und Sabrina stoppte alle Aufträge bis auf Widerruf. Sie schliefen in einem Bett, in Sabrinas großen Wohnung und organisierten Jaquelines Abschied.

Ein Thema war schnell erledigt: Und zwar die finanzielle Hinterlassenschaft von Jaqueline. Mani verzichtete auf alles und stellte keine Ansprüche. Er war der Meinung, dass dies Sabrina zu stand und sie es frei entscheiden sollte, was damit geschehen sollte. Daraufhin spendete Sabrina fast alles, der medizinischen Forschung. Sabrina beauftragte Kathrin, dies zu kontrollieren.

Ein Anliegen, war für Sabrina und Mani wichtig. Jaquelines Pflegemutter sollte finanziell versorgt sein. Das organisierte Sabrina selbst.

Die letzte Nacht vor der Beerdigung, war für Sabrina, Kathrin und Mani, sehr mit Erinnerungen an Jaqueline, bestimmend. Alle Drei, erzählten von den schönsten Momenten mit Jaqueline. Dies führte zu permanenten Tränenflüssen. Und doch, wussten sie, dass sie diese Erinnerungen, für immer und ewig im Herzen tragen werden.

Am Tag der Beerdigung, stand Mani schon sehr früh auf. Er konnte nicht mehr schlafen. Nach dem morgendlichen Ritual im Bad, nahm er einen Kaffee und schaute sich Bilder von Jaqueline an.
Kathrin kam aus dem Schlafzimmer und ging zu Mani. Sie setzte sich neben ihn und schaute auf das Bild:
„Mit dieser wunderschönen Frau, hättest du ein Baby bekommen."

Mani:
„Ja, und jetzt ist alles vorbei."

Kathrin:
„Dein Leben geht weiter. Lebe im Sinne von Jaqueline. Sie hätte nicht gewollt, dass du jetzt zerbrichst. Sei stark und trage sie im Herzen für ewig weiter."

Mani:
„War ihr Dasein, nur für eine bestimmte Zeit?"

Kathrin:
„Anscheinend, ja. Sie war ein Engel und Engel wohnen im Himmel."

Mani:
„Das wird heute ein schwerer Gang. Kann man einen Menschen, einfach so freigeben und loslassen?"

Kathrin:
„Das werden wir müssen. Denk immer daran, dass nur ihr Körper beerdigt wird und ihre Seele schwebt in den Himmel. Ihr Wesen und ihre Liebe, lebt in deinem Herzen."

Sabrina ging weinend in das Badezimmer. Mani und Kathrin schauten sich gegenseitig fragend an. Mani folgte ihr und klopfte an die Tür. Sabrina reagierte nicht und weinte. Daraufhin öffnete Mani die Badtür und ging zu Sabrina:
„Hey, Sabrina."

Sabrina saß am Boden und heulte. Sie reichte ihre Hände zu Mani. Er kniete sich zu ihr und nahm sie in seine Arme.

Sabrina schluchzte:
„Ich kann da heute nicht hin gehen. Ich schaffe es nicht."

Mani:

„Wir werden heute gemeinsam, von Jaqueline Abschied nehmen. Du bist nicht alleine."

Nach einiger Zeit, konnte sie sich wieder beruhigen und machte sich im Bad fertig. Kathrin ging zu Sabrina um sie nicht alleine zu lassen. Mani ließ die beiden Frauen alleine im Bad.

Als sie im Bad fertig waren, gingen sie zu Mani und Sabrina sagte:

„Es wird Zeit, dass wir uns anziehen und unsere Jaqueline, auf ihren letzten Weg begleiten."

Sabrina, Kathrin und Mani gingen gemeinsam in das Schlafzimmer um sich anzuziehen. Mani zog einen schwarzen Anzug an. Sabrina nahm ein schwarzes Kostüm mit einem knielangen Rock mit schwarzen Nylonstrümpfen. Auch Kathrin zog einen schwarzen Rock und eine schwarze Bluse an. Darüber zog sie eine schwarze dünne Jacke.

Sie begutachteten sich gegenseitig und als alles an ihnen gut passte, reichten sie sich die Hände.

Kathrin sagte:

„Gehen wir zu Jaqueline und nehmen wir Abschied, auf ihrem letzten Weg."

Am Friedhof, waren Absperrgitter aufgestellt und vom Friedhofspersonal abgeriegelt, so wie es Kathrin vereinbart hatte. Eine große Menschenmenge stand bereits beim Gitter um von Jaqueline Abschied zu nehmen.

Doch, nur Sabrina, Kathrin, Mani und Jaquelines Pflegemutter, begaben sich in die Aufbewahrungshalle, die kurz zuvor abgesperrt wurde. Alle anderen Trauernden, konnten sich schon im Vorhinein, am Sarg, verabschieden.

Es waren die bislang schwersten 5 Minuten für die 4 Trauernden, die zusammen weinten und je eine rote Rose in die Hand nahmen.

Die Tür wurde geöffnet und der Holzwagen mit dem weißen Sarg wurde vom Friedhofspersonal ins Freie geschoben. Anschließend ging es in langsamen Schritten zur letzten Ruhestätte von Jaqueline, die nur etwa 300 Meter von der Aufbewahrungshalle entfernt war. Sämtliche Trauernde, hatte eine freie Sicht zum Geschehnis. Hinter dem weißen Sarg gingen ihre Pflegemutter, Sabrina, Kathrin und Mani. Bei jedem einzelnen Schritt, schmerzte ihr Herz. Mani blickte für einen kurzen Moment zu dem Absperrgitter und war verblüfft über die zahlreiche Anteilnahme, von über 1000 Menschen. Er erkannte den einen oder anderen Prominenten.

Jaquelines Pflegemutter löste sich von Sabrinas Hand und wollte alleine diesen Weg hinter Jaquelines Sarg gehen.

Dahinter nahm Mani, Sabrina an die rechte Hand und Kathrin an seine linke Seite.

Als der Sarg über die Erdens Grube gehoben wurde, kniete sich Sabrina auf den Boden und begann bitterlich zu weinen. Mani und Kathrin versuchten sie zu stützen, aber Sabrina war in diesem Moment, so schwer wie Stein. Erst nach einigen Minuten, konnte Mani ihr, auf die Beine helfen. Ihre Nylonbedeckten Knie waren vom Friedhofsboden schmutzig geworden. Mani beugte sich hinunter und versuchte ihre Beine zu reinigen. Kathrin gab ihm ein Taschentuch, aber ganz sauber wurden ihre Knie nicht mehr.

Langsam wurde der Sarg, in die Grube abgelassen. Fest umarmt standen die Drei davor und weinten voller Schmerz und Trauer.

Zusammen, warfen sie Erde auf den Sarg und ihre roten Rosen, die sie kurz bevor noch küssten. Sabrina hatte einen Schlüssel aus Papier bei sich. Ihr Blick war auf den Sarg gerichtet und sagte beim Hineinwerfen:

„Vielleicht brauchst du den uns anvertrauten intimen Schlüssel im Himmel meine Liebe. Mani und ich, geben dich frei."

Nur spärlich und Widerwillens, entfernten sie sich von der letzten Ruhestätte, nach den letzten Worten:

„Tschüss Jaqueline, leb wohl und ruh in Frieden"

Anschließend wurden die Absperrgitter entfernt, damit alle Beteiligten, ebenfalls von Jaqueline Abschied nehmen konnten. Jaquelines Pflegemutter wollte auf ihren Wunsch, bis zum Schluss am Grabe bleiben.

Sabrina, Kathrin und Mani, verließen den Friedhof und gingen in ein Restaurant, das sie zuvor ausgesucht hatten. Doch, als sie in das Lokal gingen, sagte Sabrina:
„Warum, hier und nicht daheim?"

Kurzerhand, stiegen sie in ihr Auto und fuhren in die große Berliner Wohnung, wo sie ungestört und unter sich sein konnten.

Sie blieben in schwarzer Trauer bekleidet. Sabrina, die immer sehr eitel war, wegen ihrem Outfit, störten ihre schmutzigen Knie nicht. Es war ihr egal. Mani und Kathrin putzten sie mit einem feuchten Tuch ab.

Nach einigen Minuten des Schweigens, fragte Sabrina:
„Kathrin, wann genau gehst du nach Sambia?"

Kathrin:
„Ich habe es verschoben und werde etwa in 6 Monaten den Dienst antreten."

Sabrina:
„Wann hättest du beginnen können?"

Kathrin:

„In 4 Wochen. Warum fragst du, Sabrina?"

Sabrina:

„Ich werde hier alles liegen und stehen lassen. Mein Reichtum ist mir egal. Ich möchte mit dir nach Afrika gehen. Immerhin, habe ich auch Medizin studiert. Würdest du mich mitnehmen?"

Kathrin:

„Wenn du es wirklich möchtest, natürlich. Aber, ich gehe erst, wenn Mani geheilt ist."

Mani:

„Mir geht es eigentlich schon gut, Kathrin."

Kathrin:

„Das werde ich, als deine Ärztin noch analysieren, mein Lieber."

Sabrina:

„Mani, höre auf deine Ärztin. Erst wenn sie grünes Licht gibt, gehe ich mit ihr nach Sambia."

Mani:

„Warum geht ihr alle soweit weg? Oh mein Gott."

Sabrina:

„Ich muss. Hier sterbe ich, Mani."

Mani:

„Ja, ich kann es ja verstehen. Meine Pflicht in Österreich ruft auch nach mir. Wie ich ohne Jaqueline, weiterleben soll, ist mir schleierhaft."

Sabrina:

„Hör immer auf dein Herz und bleib dir selbst treu. Jaquelines Liebe ist in deinem Herzen. Sie begleitet dich als dein Engel."

Dies ist das traurige Ende der Geschichte.

Falls ihr euch fragt, wie es mit Mani, Kathrin und Sabrina weiterging, dann könnt ihr die Geschichte sehr gerne weiterlesen.

Eure Neugier ist also erweckt. Das freut mich.

Viel Spaß beim Lesen…

Ihre Wege trennten sich. Mani ging seinen beruflichen Pflichten in Österreich nach. Aber, gleich nach der Ankunft, besuchte er den Donauturm in Wien. Er schrieb auf das Aufzugticket: „In ewiger Liebe", und lies es von der Aussichtsplattform, vom Winde verwehen und weinte alleine um seine geliebte Jaqueline.

Sabrina und Kathrin blieben in Berlin und Sabrina zog nach ihrem Wohnungsverkauf, einstweilen zu Kathrin. Die Wohnung in Wien, verkaufte Sabrina über das Telefon. Sie reiste nie wieder in die Kaiserstadt. Viel zu sehr schmerzte die Erinnerung, die sie mit Jaqueline, hier erlebte.

Nach 2 Wochen kam Kathrin nach Wien und bestellte Mani in die Klinik. Ihr Wiedersehen, war mit viel Liebe geprägt. Beide hatten ihren Schmerz nicht überwunden, aber verdrängt. Während der Untersuchung kamen sie sich näher, als sie wollten.
Ja, es funkte auch bei Mani und sie hatten sexuellen Kontakt. Sie wussten, dass sie das nicht machen durften. Jaquelines Tod, war erst wenige Tage her, und trotzdem passierte es. Beide hatten es genossen, aber schämten sich dafür:
„Mani, es hätte nicht passieren dürfen."

Mani:
„War es nicht im Sinne von Jaqueline? Müssen wir uns wirklich schämen?"

Kathrin:

„Ich weiß es nicht. Für mich fühlte es sich gut an, aber nach so einer kurzen Zeit?"

Mani:

„Ich glaube, Jaqueline hat uns zusammengeführt und uns geleitet."

Kathrin:

„Schon möglich. Doch, wie geht es weiter? Ich fliege bald nach Sambia. Was wird mit uns? Ich liebte dich schon, seit ich dich das erste Mal gesehen hatte. Jetzt, wo ich deine Liebe spüren darf, nehmen wir Abschied? Was ist das für ein eigenartiges Leben?"

Mani:

„Ein Leben, für das wir bestimmt sind. Du bist Ärztin und lebst für die Forschung. Weitere Worte sind überflüssig. Respektieren wir unsere getrennten Wege. Im Herzen sind wir verbunden."

Kathrin:

„So wird es sein. Sehen wir uns noch, bevor ich abreise? Darf ich dich noch spüren oder ist mir das verhöhnt?"

Mani:

„Wann immer du möchtest und kannst, können wir uns sehen und spüren. Ich freue mich."

Kathrin:

„Tja, lieber Mani. Die Werte sehen gut aus, was mich zur Erkenntnis bringt, dass du den Tumor besiegt hast. Alle 5 Jahre solltest du dich untersuchen lassen. Meiner Abreise mit Sabrina, steht also nichts mehr im Wege, außer deiner Liebe und Nähe, die ich gerne weiterhin, leben und spüren möchte."

Mani:

„Dann leben wir sie noch bis zu deinem Abflug nach Berlin."

So geschah es auch. Sie verbrachten noch weitere 2 Tage zusammen und verließen das Bett nur ungern. Am Nachtkästchen stand ein eingerahmtes Bild von Jaqueline. Beide dachten und bedankten sich bei ihr. Sie hatten das Gefühl, Jaqueline sei bei ihnen und freute sich für sie.

So absurd wie alles erschien, so berechnet kam es ihnen vor, dass sie genau jetzt, zusammen waren. Dies half auch, über ihren Schmerz und ihre Trauer, hinweg zu kommen.

Mani konnte den Tod von Jaqueline nie verarbeiten. Vielmehr verdrängte er diesen Schmerz. Jaquelines Worte: „Hör auf dein Herz und lebe dein Leben.", war sein Motto geworden.

Sabrina und Kathrin, flogen zusammen nach Afrika in das Forschungszentrum in Sambia. Kathrin, dachte immer an ihren Liebsten und Sabrina, verlor ihre Freude am Leben immer mehr. Sie machte ihre Arbeit sehr gewissenhaft, aber sie war immer traurig. Kathrins Versuche, sie abzulenken, fanden keinen Erfolg bei Sabrina. Sie fiel in ein Trauerloch, aus dem sie nicht mehr herausfand.

Einige Wochen später, musste Kathrin, Mani eine traurige Mitteilung machen. Sie rief ihn an und sagte, dass Sabrina, sich selbst das Leben nahm.

Sabrina hatte ihr Ableben genauestens geplant gehabt. Sie mischte sich selbst einen Gift-Cocktail und schrieb einen Abschiedsbrief. Sie nutzte die Zeit, als Kathrin, anderwärtig eingespannt war.

Sabrina konnte ohne Jaqueline, einfach nicht mehr leben und wollte zu ihr, in den Himmel. Sie schrieb unter anderem: Dass sie es sehr begrüßt, dass Kathrin und Mani, zueinander gefunden hatten. Für sie selbst, gab es keinen Grund mehr, am Leben zu bleiben. Der Schmerz im Herzen, war zu groß.

Kathrin veranlasste Sabrinas Wünsche. Sie möge nach afrikanischem Brauch verbrannt werden und ihre Asche vom Wind, der Natur überlassen werden.

Einige Wochen nach dem Ableben von Sabrina, kam Kathrin zu Mani, auf Besuch. Kathrin spürte, dass er den Tod von Jaqueline weiterhin verdrängte.

Sie hatten sich viel zu erzählen und natürlich liebten sie sich. Auch, wenn es für Außenstehende unmoralisch war, so genossen sie ihre Liebe. Ihre sexuellen Lüste, genossen sie in vollen Zügen.

Mani tat dieser Besuch von Kathrin sehr gut. Sie war ihm vertraut und sie brachte für ihn, auch eine gewisse Nähe zu Jaqueline.
Kathrin, konnte seit langem ihren beruflichen Stress und auch den Verlust von Sabrina, kurzzeitig ablegen.

Sie liebte Mani über alles und das sagte sie ihm auch immer wieder:
„Noch nie, hatte mich ein Mann so verführt wie du. Jetzt verstehe ich Jaquelines Worte, wenn sie über dich erzählte und von deinen Verführungskünsten schwärmte. Jede Sekunde mit dir, erfüllt meinen ganzen Körper mit soviel Liebe, dass es brennt. Wie machst du das nur?"

Mani:
„Mit der richtigen Frau, geht es von ganz alleine. Ich kann es nicht erklären."

Kathrin:
„Wirst du mich auch vor deinen Freunden, verheimlichen?"

Mani:
„Verheimlichen? Wie kommst du auf diese Frage?"

Kathrin:
„Niemand, von deinen Freunden, wusste etwas von Jaqueline. Warum nicht?"

Mani:
„Ja, es wussten nur vereinzelte Menschen in meinem Umfeld. Ich wollte mir und auch Jaqueline, peinliche und abwertende Kommentare ersparen. Wie sieht es für Außenstehende aus? Der Depp, liebt eine lesbische Frau, die neben ihn, auch noch mit einer Frau, schläft. Oder vielleicht: Hey, du bist doch nur das Reserverad bei der Lesbin. Abgesehen, von all den dummen und blöden Sprüchen, wollte ich Jaqueline für mich alleine haben und nicht diese kostbare Zeit mit Deppen vergeuden, die Hinterrücks blöde Sprüche machen. Ja, aus diesen Gründen, verheimlichte ich diese großartige Liebe."

Kathrin:
„Oh, dann war ich auch störend, sorry."

Mani:

„Nein, du nicht, ehrlich nicht. Du, liebe Kathrin, hast meine Liebe zu Jaqueline verstanden. Auch diese Dreierbeziehung von Sabrina, Jaqueline und mir. Du gehörtest zu unserer Familie. Bitte denk so etwas nicht. Jaqueline Sabrina und ich, liebten dich mehr als du glaubst. Nicht nur als meine Ärztin, liebe Kathrin."

Kathrin:

„Und was ist jetzt?"

Mani:

„Gute Frage, was ist jetzt. Wahrscheinlich, genau dieselben blöden Kommentare. Die Freundin, gerade mal beerdigt, springt er schon wieder mit der Nächsten ins Bett. Oder so ähnlich?"

Kathrin:

„Schon möglich. Weißt du, niemand kann es verstehen, was ihr zu Dritt für eine Liebe geteilt habt. Ich hatte den Einblick und ich verstand euch. Das kannst du nicht von allen Menschen verlangen. Obwohl wir schon längst im 21. Jahrhundert leben, sind viele sehr konservativ erzogen. Das Verständnis reicht hierfür noch nicht aus."

Mani:

„Ja, bedauerlicher Weise, ist es genau so, wie du es sagtest. Die Menschen sind nicht reif dafür."

Kathrin:

„Hast du dich jemals geschämt, wenn du mit Jaqueline und Sabrina unterwegs warst? Was hast du gefühlt, wenn sich Sabrina und Jaqueline in deiner Anwesenheit, in der Öffentlichkeit, geküsst hatten?"

Mani:

„Ich war glücklich und stolz. Mir war es egal, was andere Menschen gedacht hatten. Ich wusste, ich gehöre zu dieser Frau. Zu dieser Frau, von denen andere Männer nur träumen konnten. Ich war der Glückliche."

Kathrin:

„Kluge Antwort. Lebe auch danach, mein Liebster, egal was die anderen sagen. Wenn wir schon so offen miteinander reden, darf ich dich noch etwas fragen?"

Mani:

„Sicher, nur zu."

Kathrin:

„Mir ist völlig klar, dass du mich nicht so sehr liebst wie Jaqueline, aber…"

Mani unterbrach sie:

„Das stimmt nicht, Kathrin. Ich liebte dich schon, als ich dich das erste Mal gesehen hatte. Aber, ich war mit Jaqueline zusammen, und du warst immerhin auch ihre Freundin. Ich bin der gleichen Ansicht wie Jaqueline. Man kann auch zwei zur selben Zeit, von Herzen lieben."

Kathrin:
„Oh, okay. Hast du meine Liebe zu dir gespürt?"

Mani:
„Nein. Ich dachte, du kümmerst dich als Ärztin, rührend um mich, weil ich der Freund von Jaqueline war."

Kathrin:
„Du hattest nie den Verdacht, dass ich dich lieben könnte?"

Mani:
„Nein, niemals. Warum hast du mir keinen Anstoß gegeben, damit ich es kapiere?"

Kathrin:
„Jaqueline war eine außergewöhnliche Schönheit und für die gesamte Männerwelt, mit Sicherheit, eine Traumfrau. Du durftest sie lieben, wie hätte ich da, eine Chance bei dir gehabt?"

Mani:
„Die hattest du damals, wie heute, meine Liebe. Du bist anders als sie, keine Frage. Aber, mein Herz hast du trotzdem erobert. Vielleicht, weil du anders bist, als Jaqueline? Wer weiß?"

Kathrin:

„Ja, ich bin anders. Vor allem nicht lesbisch oder bisexuell. Du hättest mich alleine gehabt, wenn ich das so sagen darf. Eine ganz normale Beziehung zwischen Mann und Frau."

Mani:

„Hättest du damals, Jaqueline, neben dir, akzeptiert?"

Kathrin:

„Darüber habe ich immer nachgedacht. So komisch es auch klingen mag, ja, ich hätte es akzeptiert, obwohl für mich Untreue nicht zu entschuldigen ist. Bei Jaqueline und dir, wäre es etwas anderes gewesen, was ich nicht mit Worten sagen kann. Ja, ich hätte es genauso respektiert, wie Sabrina."

Mani:

„Das hätte ich niemals gedacht."

Kathrin:

„Jetzt ist es egal, denk nicht mehr darüber nach. Eine riesen große Bitte, hätte ich an dich. Ich werde meine Chance in Sambia nützen. Du weißt, für diesen Job, lebe ich. In dieser Zeit, verarbeite die Zeit mit Jaqueline und verdränge sie nicht. Ich kann dir nicht helfen. Gerne, organisiere ich dir eine professionelle psychologische Betreuung. Du musst es verarbeiten."

Mani:
„Danke, aber das schaffe ich alleine."

Kathrin:
„Ich habe meine Zweifel und du weißt es in deinem Herzen ebenso. Aber gut, ich vertraue dir, dass du es schaffen wirst. Können wir bis zu meiner Abreise, dort weiter machen, wo wir aufgehört haben?"

Mani:
„Sehr gerne."

Kathrin:
„Dann lass und ausgehen. Wir könnten zum alten AKH, etwas trinken gehen."

So geschah es auch. Doch, zuvor zog sich Kathrin noch um. Obwohl sie es liebte, eher sportlich und leger gekleidet zu sein, schlüpfte sie in ein kurzes Kleid, das oberhalb der Knie aufhörte. Dazu passend, hautfarbene halterlose Strümpfe und Stöckelschuhe. Dieses Outfit legte sie für Mani an. Er liebte solche Klamotten, besonders den Anblick, schöner Beine. Und die, hatte Kathrin auf alle Fälle. Er verstand nie, warum sie immer Hosen bevorzugte. Schöne Beine, gehören gezeigt und nicht versteckt.

Sie spazierten eng umschlungen zum alten AKH, in das Café-Pavillon. Kathrin saß neben Mani und legte ihre Beine auf Manis Schoß. Während sie sich unterhielten, streichelte er genüsslich ihre Knie und Oberschenkel. Kathrin gefiel es sehr. Die Kellnerin, kannte bereits die Beiden von früher und sie sprach Kathrin an:
„Seid ihr beiden Hübschen, jetzt endlich zusammen?"

Kathrin lachte:
„Ja, endlich. Die Ärztin eroberte ihren Patienten."

Kellnerin:
„Das freut mich sehr. Immer wenn ich euch zusammen gesehen habe, dachte ich mir, das wäre ein Traumpaar."

Kathrin:
„Dankeschön. Das ist lieb von dir."

Die Kellnerin sagte zu Mani:
„Pass gut auf deine Ärztin auf. Ihre Schönheit blendet hier viele Männer."

An diesem Abend, hatten Kathrin und Mani noch viel Spaß. Auch wenn sie des Öfteren, die Gedanken an Jaqueline und Sabrina verloren hatten. 2 Schicksalsschläge in kürzester Zeit, schweißt auch zusammen.

Mittlerweile war es schon Mitternacht in Wien. Kathrin und Mani gingen zu Kathrins Dienstwohnung, die gleich in der Nähe war.

Da Kathrin, am nächsten Tag ihren Flug nach Berlin hatte, wollte sie noch einmal, ihren Mani, in vollen Zügen spüren. Sie setzte sich auf ihn und küsste seinen Mund. Mani streichelte ihre Beine und es dauerte nicht lange und ihre Klamotten fielen von ihrem Körper. Kathrin zog Mani sein Hemd und seine Hose aus und verführte ihn. Das Vergnügen dauerte lange Zeit, bis sie erschöpft einschliefen. Mani war komplett nackt und Kathrin hatte ihre halterlosen Strümpfe an.

Am nächsten Tag, brachte Mani, Kathrin zum Flughafen, wo sie sich schmerzhaft, aber liebevoll verabschieden mussten.

Kathrin flog nach Berlin und dann weiter nach Sambia.

3 Monate später, bekam Mani einen Anruf aus Berlin, von Kathrins Freundin Silvia, die Mani bereits kennenlernen durfte.

Kathrin hatte einen Unfall im Labor und bekam dadurch eine unheilbare Vergiftung. Ihr Körper war bereits zum Großteil gelähmt. Körperlich wurde sie immer schwächer und geistig verhielt sie sich wie ein Kind. Mani reiste sofort nach Berlin, um seine Kathrin zu unterstützen. Kathrins Mutter, war dadurch nicht begeistert, aber Silvia veranlasste, dass Mani sie besuchen und später auch pflegen konnte.

Kathrin konnte nicht mehr sprechen und ihre Bewegungen, waren sehr eingeschränkt. Sie saß im Rollstuhl und kannte eigentlich, niemanden mehr. Nur bei Mani, fing sie zu lächeln an. Der behandelte Arzt sagte, dass dies eine übliche Reaktion sei. Mani war ihre letzte Liebe und somit blieb er, in ihrer Erinnerung. Nur Mani schaffte es, sie zum Lachen zu bringen. Und nur Mani, durfte sie waschen und umziehen.

Leider, war es nur für kurze Zeit. Wenige Tage später, starb Kathrin an den Folgen der bakteriellen Ansteckung im Labor. Kathrin wurde in Schweden beerdigt. Dies veranlasste ihre Mutter.

Nun war Mani alleine. Nach dem Tod von Jaqueline und Sabrina, musste er sich nun auch von Kathrin verabschieden. Die letzten Tage mit seiner ehemaligen Ärztin, trug er im Herzen. Silvia, die als Architektin, Mani behilflich war, ging später nach Dubai.

Für Mani begann eine wilde Zeit. Neben zahlreichen Bekanntschaften, belanglosen Affären, versuchte er sein Leben zu leben, ohne zu erkennen, dass er Jaqueline noch nicht verarbeitet hatte.

Erst nach weiteren Jahren, begegnete er bei einer Veranstaltung wieder einer Traumfrau. Sie verliebten sich und wurden in kurzer Zeit ein Paar. Sie liebte ihn und er konnte ihre Liebe nicht zulassen. Obwohl er sie über alles liebte, konnte er die Liebe nicht annehmen. Egal was sie tat, er blockte ab. Nach 2 Jahren beendete sie die Beziehung mit Mani. Erst dann, verstand er den Sinn der Liebe, aber es war bereits zu spät.

Kurz darauf, hatte er selbst einen Unfall. Es folgten fast 2 Jahre Reha. In dieser Zeit, änderte sich sein Leben. In Erinnerung an seine letzte Beziehung, dachte er auch viel an Jaqueline, Sabrina und Kathrin.
Seine letzte große Liebe und die Reha-Zeit, waren zusammen, der entscheidende Anstoß, endlich das tragische Schicksal von Jaqueline zu verarbeiten.

Schlussendlich dauerte die Verarbeitung des Todes von Jaqueline, einige Jahre. Es war sein Fehler, dieses Schicksal, jahrelang zu verdrängen. Jeder Schicksalsschlag, muss einfach verarbeitet werden.

Ende der Geschichte!